目錄

山男

偶於深山出沒
身高兩丈有餘
其形如鬼
獵師等遭逢此怪無須奔逃
略事請託
便可勞其為人擔柴
甚以其怪力為傲

——繪本百物語／桃山人夜話卷第伍・第參拾柒

【壹】

許久以前——

有山男棲息於高山。

山男雖有個男字，但並非常人，

而是山神、山精，亦是山怪。

山男便等同於山。

因此，山男無須穿衣、無須言語、亦無須幹活。僅靠捕鳥食魚、以草樹蔽體、於深山幽谷間四處遊走，便足可存活。

鄉民對其極為畏懼。

山民當然更是如此。

凡是常人——對山皆懷畏懼之念。

山予人諸多恩澤，

同時，卻也可能取人性命。

亦是禁忌魔域。

山位處現世與來世之端境，乃兩界間之幽世。

故此，山男即為魔物之一。

人人對山男畏懼不已，
將之視為威脅世人營生之妖物。
沒錯，山男亦被視為畜生。
既不語、亦不書，畢竟非人。
赤裸毛身、力強腳快，是個蓋世衝天的巨人。
其形宛如獸類。
故人人視之為野蠻猛獸。
不過，
某日——
山男不禁納悶，難道自己真為野獸，而非常人？
應非如此。
自己應是廣受敬畏膜拜之神祉——而非僅是擄人吞噬的畜生。一思及此，山男由衷傷悲，甚感孤寂。
這下。
山男深感自己一絲不掛遊走於山谷之間，其實是何其卑微。
此時，感覺似乎有點兒冷，
山男為自己製衣，
亦習得人語，

開始與常人往來。
但如此一來。
不知不覺間——
山男發現自己已不再是山，
而是成了個常人。
最後——
也就如常人般死去。

【貳】

據傳相州箱根有山男出沒。渾身赤裸，以木葉樹皮蔽體。居於深山中，以捕捉赤腹魚為業。逢有市集，便前去同鄉民購米。與人親近，未曾鬧事，除與人交易外少有言語，事畢即刻返回山中。曾有人循其足跡追之，但中途為絕壁所阻，亦無道路可行，只能任其如鳥般飛去，終未能覓得其居處。據傳，小田原城主曾下令山男若加害於人，必以火槍等擊之，故未曾引發事端——

此乃津村淙庵所著之《譚海》中的一節，笹村與次郎說明道。

「這津村淙庵是何許人？」

倉田正馬問道。

「是個名人麼？這名字我怎麼沒聽說過？名字聽來雖是煞有介事，但既然連聽也沒聽說過，

就不覺得有什麼好佩服的了。大概是我自己無知罷？如何？咱們這位一等巡查大人，想必聽說過這號人物罷？」

「當然聽說過。」

面對這突如其來的揶揄，矢作劍之進一等巡查倒是毫不動搖。

不愧是東京警視廳內唯一通曉古籍的名人。

「津村淙庵是位歌人。出身京都，居於傳馬町，甚至曾擔任佐竹侯（註1）之御用達（註2）。」

佐竹侯？那不就是秋田藩（註3）了？一臉鬍子的惣兵衛問道。

維新後，舉國上下日益洋化，但這惣兵衛卻未順應時潮，至今依然一副粗獷無禮的武士模樣。

「這我可就不懂了。既然是歌人，這冊名曰《譚海》的書中理應有些詩歌才是。但方才那段，怎麼聽來絲毫不像詩歌？」

此書並非歌集，與次郎解釋道：

「而是將當時之異國傳說、世間傳聞集結成冊的書籍，可說是冊見聞隨錄罷。」

也就是民間故事罷？正馬揶揄道。

正馬這人和惣兵衛正好相反，時常擺出一副彷彿忘了自己是個日本人的態度。但哪管他再怎麼把自個兒當洋鬼子，長相還是一副大和民族的模樣，身軀既沒特別高，鼻子也沒特別挺。

「所謂當時，是指何時？」

「應是在安永至寬政之間罷。收錄這則記述的第八卷，想必是在天明年間寫成的。」

這不是近百年前的事兒了？正馬說道：

「不過，至少要比上回那則故事更近些。你們怎麼老是找來這種老故事？活像把剃了的鬍子塞進懷裡珍藏似的。」

「你難道不知什麼叫溫故知新？」

惣兵衛竟然罕見地為與次郎撐起了腰來。

通常，與次郎與劍之進、或惣兵衛與正馬對凡事的看法多屬對立，尤其對此類奇聞異事的見解更是南轅北轍。總之，平時惣兵衛與正馬便有如官軍與幕軍（註4），兩人一碰頭便難免起爭執。

「你老愛賣弄些洋學，滿口文明開化什麼的，但也不過是空有一身異國行頭，哪懂得什麼道理？我雖不愛聽這類鬼怪故事，亦不贊成怪力亂神，但一看到你這種嘲弄我國的態度，也要起一肚子火。」

「我哪兒賣弄洋學了？不過是認為這記述過於古老罷了。噢，雖說古老，但可曾嫌它哪兒不好？我每回都不禁質疑，為何你們老愛拿這種老掉牙的怪奇故事來佐證？矢作這回碰上的案件，畢竟是發生在現代的事兒罷？」

當然是發生在現代的事兒，劍之進說道：

「在下是個巡查，可不是個學者。」

註1：佐竹氏於江戶時代為外樣大名，為統治秋田藩之藩主。
註2：有進出幕府、大名、旗本、公家、與寺廟神社進行買賣之特權的商人。
註3：江戶時代位於日本東之藩國名，原名久保田藩，秋田藩為俗稱。
註4：指明治軍與幕府軍。

「但近日，大家不是稱你做妖怪巡查麼？」

惣兵衛哈哈大笑道：

「不賴嘛，這渾名應該正合你意罷？」

聞言，劍之進一臉不悅。

拜兩國火球案與池袋蛇村案，接連被「東京日日新聞」及「東京繪入新聞」所報導之賜，一等巡查矢作劍之進儼然被塑造成了一個專責解決妖異事件的官差。

「這下再怎麼撫弄你那把鬍子，也討不回你的威嚴了。想不到你這奉行所內最無能的蠢才，也能成為驅魔除妖的專家，這下可出人頭地了。真是可喜可賀，可喜可賀呀。」

別再瞎起鬨了，與次郎制止道：

「惣兵衛，把揶揄自己的友人當有趣，難道這就是你所謂的武士風骨？」

不不，我可是誠心誠意地在向他致賀哪，惣兵衛苦笑道：

「總之，我可沒把這當笑話，玩笑一場，你也就別當真了。總之，這類事兒我也曾聽說過，這就把它說出來，請你大人大量，快快息怒罷。是關於山什麼的事兒，對罷？」

「沒錯，山男。」

惣兵衛咳了一聲清清喉嚨，接著便開口說道：

「有個到我道場習武的傢伙，曾於前高田藩擔任藩士。大家也知道，高田藩地處越後那頭，是個山深雪豐之地。黑姬、妙高均是當地的險峻山嶺。」

不僅是轄內有山，與次郎等人總認為整個高田藩均是位處山地。

「當地冬季天候嚴寒，需要大量柴薪方能度日，因此入山撿柴就成了重要的差事。不過，越後一帶的居民均遵循一個鐵則，那就是若於山中遭逢鬼怪，均不得與他人議論。」

「噢？」

聞言，與次郎向前探出了身子。

惣兵衛極少提及這類故事。不，不光是惣兵衛，時下這類故事已鮮少有人提及，如今大家淨談論些新鮮的、未來的事物。不僅是正馬，若是談起過於古老的故事，一般人多要語帶批評，以順應時潮。如今仍將談論這類傳聞怪談視為趣事的，大概僅剩藥研堀的老隱士一白翁一人了。

不過，即使僅是傳聞、或捏造的假故事，聽人親口敘述畢竟是趣事一樁。

至少與次郎將之視為一件趣事。旁人或許要斥之為捏造或迷信，但與次郎依然深受這類天馬行空的巷說所吸引。

惣兵衛又咳了一聲：

「至於道出於山中所經歷之怪事者，究竟會遭到什麼樣的災厄，就連我這位門生也不知道。總之，對此類無謂風說感到恐懼，是件愚蠢至極的事兒，我可不相信這類迷信。反正這門生如今已非藩士，我也就毫不客氣地對他下令，今後不許再談論這種事兒。」

為何要如此命令？劍之進一臉嫌惡地說道：

「你未免也太野蠻了罷？相信這類傳說，實與信仰神佛無異。難道武士道會強逼人捨棄虔誠信仰？若是如此，不就代表這種武道才是真正跟不上時代的老古董？」

根本就是五十步笑百步呀，正馬笑道。

「有什麼好笑的？」
「信仰之道與劍術之道，不是五十步笑百步麼？」
「這是哪門子傻話？哪管時代變遷、幕府崩解，日本男兒的壯志仍不曾改變分毫。尊崇尚武之道，有哪兒跟不上時代了？新政府雖禁止販賣粗俗的咒術行頭，但可沒禁止學武習劍哩。」
「四年前不是才禁止了復仇？當時的禁令上也載明，復仇乃以私事侵犯公權之舉，故須禁之。」
聽了劍之進這番話，惣兵衛使勁咳了一聲說道：
「看來咱們這位膽小如鼠的巡查大人，大概是以為劍道僅是用來傷人、殺人的，未免也太沒見識了罷？劍道之修行，講究的乃是精神之修養，尚武之人，也必須力求品行端正，武士道可不是建立在畏懼迷信上的。總之，我這番論調絕非強詞奪理，就連我這位門生亦有同感。」
算了算了，有話就快說罷，劍之進說道。
「這門生表示，曾聽聞有人於撿柴時遇見山男。」
「他可是親眼瞧見？」
「不，這並非我那門生的親身體驗，但仍是個值得一聞的奇譚。似乎是我那門生的某個同輩看見的——而且，似乎曾與那東西有所交流。」
「與山男交流？」
這下就連正馬也啞口無言了。
目擊妖物、或為其施法所惑一類事件或許時有所聞，但與其有過溝通，可就不尋常了。

「此人曾與山男有所交流？」

「這東西究竟是何物……也不知該如何形容。根據此人所述，這山怪是個高逾六尺的龐然大物，膚色黝黑，渾身紅毛，腰纏樹葉以蔽體。據說，這山怪當時是前來取暖的。」

「這東西可懂人話？」

「據說話大體還聽得懂，但似乎無法開口言語，僅能發出牛馬嘶鳴般的叫聲，看來似乎無意加害於人。那門生的同輩表示，只要自己在山中小屋生火取暖，此山怪便不時現身。既然想取暖，代表其可能畏寒，以草木蔽體，可見其亦知羞恥，此山怪表示，自己並不想赤身裸體，至少也該在身上披件獸皮——」

噢？劍之進驚呼道：

「這的確神奇，就連我也沒聽過這種事兒。難道此人曾與山怪有過一番交談？」

「交談或許沒有，但這山怪似乎就是有其他辦法與人溝通。這——或許該稱做山男的妖怪如此表示後，翌日晚間便獵來兩頭羚羊。門生的同輩為其剝下羊皮，山男見之甚喜。後來，山男又以藤蔓製作了精巧的衣裳穿上，並為其獵來熊或兔等畜生充當謝禮。門生同輩為表讚許，便傳授其防止剝製獸皮萎縮之法，甚至饋贈山刀為禮——大概就是這麼樣的故事。」

「噢。」

劍之進一臉益發驚嘆的神情。

「這故事果真神奇——不過，這山男……」

可是個人？這位一等巡查一臉嚴肅地問道。

「應該——不是個人罷？」
「聽懂人語，又貌似人形，應是個人才對罷？」
「這哪有什麼稀奇？只要長時間與人相處，家畜禽獸也能聽懂人語。狗聽人喚了牠的名字，不也會搖尾湊近？依我之見，這山怪有可能是近似狒狒或猿猴一類的畜生。」
世上可能有高達六尺的猿猴麼？劍之進轉頭望向後方問道。當然有，正馬說道：
「南蠻就有猿猴和牛差不多大小。猿猴種類繁多，你們最熟悉的《和漢三才圖會》中，不也記載了不少？笹村，你說是不是？」
猿猴種類的確不少。
「上回查證時，的確曾瀏覽過此書——但如今多已不復記憶。不過，諸如長臂猿、猩猩，在下亦知南蠻有不少怪異的猿猴。」
當然有呀，正馬說道：
「放洋期間，我也曾於翻閱博物誌時，看過不少怪異猿猴的圖畫。我國幅員狹小，而且不僅狹小，亦屬落後。即便真有什麼至今仍未為人所發現的神祕獸類棲息山中，亦不足為奇。」
「亦即——山男算是獸類？」
劍之進眉頭一皺。
「我可沒說得如此斬釘截鐵。不過，猿猴屬於高等獸類。笑人愚笨時，不是常以比『猴子還蠢』為比喻？反過來看，也就代表猴子並不比人蠢多少。耍猴戲這句話，亦為出自猿猴好模仿人舉止的習性之比喻。此外，巨大猿猴的傳說亦是多不勝數。岩見重太郎所驅除的狒狒，不也是一

種猿猴？這笹村應該最清楚罷。」

每當碰上這類愚昧的巷說——正馬總是不忘揶揄與次郎一番。劍之進望向與次郎，意氣消沉地吐了一口氣說道：

「越後那敘述中的山怪——是否同樣不過是隻猿猴？難不成山男這種東西，只不過是個畜生？」

「且慢且慢。」

若是猿猴，理應生有一身毛才是罷？惣兵衛打岔道。

「身上有沒有毛又如何？有誰說這妖物是個禿頭了？」

「不不，仔細想想罷，有哪種猿猴是渾身赤裸的？凡是獸類，身上均應覆有體毛。即便真有渾身無毛的猿猴，哪可能既懂得人語、又懂得製衣蔽體？畜生畢竟是畜生，即便腦袋再聰明，也不會幹這種事兒。即便懂得模仿人的舉止，也不可能乖乖聽人說話。若真有這種事兒，豈不笑掉人的大牙？」

你言下之意是？劍之進問道：

「既非猿、亦非人，那麼這種東西，可就是如假包換的山中妖物了。惣兵衛，你不是一向不相信世上有妖怪這種東西麼？」

「世上的確沒有妖怪。」

「那麼，我還真想弄懂你這番話的真意。山男究竟是人、獸、還是妖物？瞧你們個個七嘴八舌的，至今仍是沒聽到半個解答。問此物是否為人，你們便答是獸。問是否為獸，你們又說不是。

但問是否為妖物，你們又說世上沒這種東西。為何就沒人能給個斬釘截鐵的答案？」

「反正這東西究竟為何，根本不打緊。」

正馬吊兒郎當地說道：

「管牠是叫山男還是海男，誰在意牠究竟是人還是獸？」

「當然在意。若是獸類，便可恣意擊殺。但若是人，便不可輕易誅之；反之，則可裁之以法。而倘若是妖物……」

「就要把你給嚇得屁滾尿流了是罷？」

惣兵衛再次高聲笑道。

這下劍之進再也沉不住氣了：

「混帳東西。咱們即便是好友，開起玩笑也得有個限度。看來，這下非得讓你瞧瞧侮辱官差會是什麼樣的後果才成。」

好了好了，與次郎制止道：

「稍安勿躁呀，劍之進。豈值得為這山男起如此爭執？而惣兵衛，不是都要你別再這麼揶揄人了？都一把年紀了，還是這副焦躁德行。至於正馬，你說的咱們也不是不能理解，但既然知道這些個道理，何不以你那些船來的知識什麼的，好好為劍之進解惑？哪管你對此事嗤之以鼻，既然坐擁這些知識，何不給咱們一個解釋？」

大家瞧瞧，笹村今兒個還真是有精神呀，正馬說道：

「我的解釋其實很簡單。不分古今東西，妖怪這種東西都不曾存在過，這道理你們應該也是再清楚不過。關於這點，正如同咱們這位武家師父所言，即便在前幕府時代，也僅有不懂事的娃兒會相信這種東西。澀谷，你說是不是？」

惣兵衛頷首說道：

「誰都知道鬼怪這種東西，打從前便是編出來嚇唬婦孺的罷？自古識學問者，打從心底就不會相信妖怪什麼的。」

「那麼，這山人究竟是——？」

「若非類似猿猴的獸類，便是人罷。再者，各地傳說中的山男，也不見得全都是同一個東西。不過是有人將之當成山怪或妖魔，情況才會變得如此複雜難解。將未知的猿猴與人混為一談，便是無知。澀谷所言不假，既無體毛又通曉人語，足以證明這東西是人無誤。」

「果真——是人？」

還有什麼好懷疑的？正馬一臉不解地扭曲著臉孔說道：

「不是人會是什麼？矢作，還有笹村，你們倆一輩子都住在這狹小的島國，想必是想不透罷。咱們這世界其實大是無比遼闊，在這遼闊的世界上雖然國家眾多，但國與國可是相連的。一國之外，尚有鄰國。」

本國不也是如此？劍之進回道：

「州與藩不也是相連的？」

「瞧你這蠢才。哪管是紀州還是藝州，住的人不都是一個樣？可分得出誰是打哪兒來的？但世界上的民族可就是形形色色了，大海另一頭的諸多國家，人民可悉數是在異邦民族的包圍下生

息的。」

「就是所謂的南蠻、東夷、北狄、西戎麼？」

這些指的不都是包圍國土四方的蠻族？劍之進一臉認真地說道。那是支那才有的說法，正馬回答。

還真是四面楚歌呀，劍之進與惣兵衛挖苦道。

「喂，這下可是笹村要我說，我才辛辛苦苦費這番唇舌解釋的，換來的竟是你們這麼一陣揶揄。我這下談的可不是四面楚歌、吳越同舟什麼的。哪管是大唐還是大清，不都和咱們日本的州差不了多少？我指的是更不一樣的國家。說得明白點——這遼闊的世上有著眾多語言不通、長相不同、膚色迥異的民族，有些甚至連個自己的國家都沒有。」

「何謂連個自己的國家都沒有？」

就這個意思呀，被劍之進如此一問，正馬回答：

「有些民族並不定居一地，過的是四處放浪的日子。亦有些是因與其他民族作戰失利，而被驅離自己的土地。無土地便無法建國，人口過少亦無法建國。其中甚至不乏被驅出故里，被迫深入山林生息者。」

「山林——？」

「沒錯。」

「和戰敗的武者潛身山中可是同樣道理？」

「要來得更為嚴重才是罷？若要打個比方——應是好比黑船排山倒海而來，數萬乃至數十萬異國人上岸佔領日本，國人泰半慘遭屠殺，碩果僅存者只得避居深山。」

豈可容這種事發生？惣兵衛忿忿不平地起身喝道。

「蠢才，我不過是打個比方罷了。總之，史上的確不乏外來者入侵，人民只得徐徐移居山岳地帶的例子。異國高峰不少，可不像咱們的黑姬、妙高、富士、淺間這類矮峰。」

「混、混帳，竟敢瞧不起靈峰富士？」

聞言，惣兵衛更是一臉憤慨。

「想不到你還沒息怒哩。我可沒瞧不起，只是山矮就是矮，還能怎麼形容？國外的高山可是有兩、三座，不，甚至十座富士疊起來那麼高，光是抬頭仰望頸子就疼了。」

瞧你吹噓成這副德行，可曾親眼瞧見過？惣兵衛依然一臉不悅地說道。

不過，正馬這番吹噓可是聽得與次郎格外心動，腦海裡不由得開始勾勒起足可遮天的高山景致。

「這哪是吹噓？在海的另一頭，如此高山根本是稀鬆平常，甚至有些民族，就在這些高山上生息哩。」

那又如何？惣兵衛不耐煩地發牢騷道：

「瞧你這般拐彎抹角的，有話就明說。」

「還不是因為你們老是瞎起鬨，我才無法好好把話給說清楚？總之，大家不妨假設有個原本定居某地的民族，遭蒙另一語言習俗迥異、甚至相貌也截然不同的民族所壓迫。原本的住民被入侵者給逐出平地，被迫潛入山中。」

「假設有什麼用？正馬，你該不會是打算說，這些像戰敗武士的傢伙含恨而死，化成了山中的妖怪罷？喂喂，這是哪門子洋學？可真要笑掉咱們的大牙了。」

「蠢才，我才不似你這個使劍的跟不上時代，哪可能如此幼稚？別以為大家都和你一樣無知。好罷，澀谷，先前說的並沒什麼了不起，重頭戲還在後頭。大家認為這些入侵者後來都做些什麼？依常理，應是將原本的居民驅逐殆盡，並在這塊土地上建國。是罷？」

「應是如此。」

「那麼，假設這群入侵者所建的國，又為來自他國的入侵者所滅。」

「這回的入侵者，並非被趕入山中那夥人？」

沒錯，被與次郎這麼一問，正馬回答：

「而後，這回的入侵者，想必又要在這塊土地上建國。不過，這些傢伙絲毫不知，此處曾有居民為前一國所滅，被迫遷居山中一事。這下——」

「結果會是如何？」

「我正打算問大家結果會是如何。」

想必要大吃一驚罷，劍之進說道：

「都已經將這座山視為自己的領地了，這下在山中發現一個從未見過的民族，哪可能會不大吃一驚？」

「那麼，山中居民又會如何？」

「這——」

「或許又得再度四處竄逃，覓地藏身。大家說是不是？」

想必——應是如此罷，與次郎心想。

語言不通，習俗迥異，雙方碰上時就連簡單的溝通也無法進行，更無從判斷對方是否心懷敵意。

——如此一來。

依常理，的確是另覓他處藏身較為穩當。

「假設這種事兒發生個幾回，畢竟山上同樣是本國的領土，山下百姓依然會入駐山區伐木築屋。如此一來——為避免遭入山者發現，山中居民不是得遷居他處，就是得更朝山頂逃，再不就是得開始穴居藏身。總之，兩種文化絕不可能產生任何交流。」

這下，山上居民就被人視為妖怪了？

「還真是難懂呀。」

惣兵衛納悶道：

「與次郎，你可聽得懂？」

有什麼好不懂的？與次郎回答：

「雖不知該如何解釋清楚，總之就是文化與環境的不同，讓兩個民族僅能看見彼此的影子。即便雙方成員有所接觸，但彼此也無法將對方視為和自己同樣的人，總認為那種地方不適合人居，當然是絕無可能有人出沒。如此一來，雙方便僅能以神怪之說解釋這種接觸——」

大致上就是這麼回事兒，正馬說道：

「看來笹村也開始懂點兒道理了。唐土畢竟是幅員遼闊，國家或部族本就多如繁星。因此，這種事兒也是多到不勝枚舉。少數民族若不是遭人迫害、歧視、或驅離，便是為其他民族所同化而消失。到頭來留下的，就只剩這麼些神怪故事罷。」

喂，劍之進打岔道：

「感謝你勞神解釋了這麼多，但咱們談的是發生在這島國上的事兒，可不是什麼異國少數民族的故事。總之，方才正馬你自個兒不也說了？我國是個幅員狹小的邊陲島國，住在島上的僅有大和一個民族。」

「我可沒這麼說。」

正馬罕見地端正了坐姿。這傢伙平日總仗著自己一身洋裝，以為如此儀態便可不拘小節。

「我的本意，其實是批評這種島國根性。鎖國時代早成過去，我國如今亟需放眼海外，借鏡諸國。的確，咱們這國家看似由單一民族所構成，但其實這不過是個表象罷了。大家說是不是？」

「這和咱們稍早談的哪有什麼關係？」

「我對先民歷史的了解雖然匱乏，但我國的確也曾住過某些文化迥異的民族。大家難道不知咱們這島國上，也曾有過一些不為國法所束縛、祭祀不同神祉、因循不同習俗生息的民族？」

「想必你指的是土蜘蛛或蝦夷、熊襲什麼的，那已是神代時期（註5）前的事兒，都不知過了幾百年了。」

「蝦夷之地如今不是仍有原本就住在那兒的住民居住？據說這些人說的還是和咱們不同的話哩。既然琉球國的住民也有和咱們不同的語言與習俗。有文化迥異的住民殘留山中，哪有什麼好稀奇的？」

「果真——沒什麼好稀奇的？」

與次郎不由得開始漫不經心地想像起來。

這山男究竟是人，還是猴？

「若是猴，便只能任由他去。但若是人，不就得為他想個法子了？如今乃文明開化之世，士農工商均不再有貴賤之別。」

「華族（註6）、士族與平民可是還有分別哩。」

「如今武士都放下了刀，而平民不僅也能冠姓，不是連騎馬的禁令都解除了麼？但這山男——若真是個人，不就成了個無戶籍、居所、甚至沒有衣物蔽體的可憐人？」

「你認為他該受到保護？」

「也不知是否該說是保護——我僅認為，不該再讓一個人不諳言語、衣不蔽體、未受絲毫文化薰陶。日本將成為文明國家，若他是個人，只要住在這島上，便應視同國民。而對國民施以教育、供其過文明國民應有的生活，難道不是國家的義務？而此人既是開化國家之一員，不就也有當差幹活的義務？」

「噢。」

註5：意指日本的神話時代，即神武天皇即位的西元前六六〇年以前的時期。

註6：明治維新後，原有的皇室貴族或諸侯、大名隨一八八四年制定之「華族令」被統稱為華族。

劍之進雙手抱胸，沉默不語。

「怎麼了矢作？難不成——是有誰委託你去捕捉這山男，才教你如此煩惱？若是隻野獸，大可殺之，但若是個人，可就不能這麼辦。而若是個妖怪，根本連捉也別想捉了——這該不會是你如此煩心的理由罷？」

是不是？正馬逼問道。

「非也——此事並非如此單純。」

劍之進一臉煩惱地扭曲著眉毛，低頭撫弄著臉上的鬍子。

「其實，是有個女人為山男生下了娃兒。」

「娃兒？」

惣兵衛驚呼道：

「喂喂，這位巡查大人。我可不想為了揶揄你再次惹與次郎生氣，但你當真相信這種胡言亂語，還為此煩惱不已？」

「誰說這是胡言亂語了？」

「難道不是麼？若這山男是隻猿猴，根本不可能與人生育。世上哪有人獸之間能產下娃兒這等傻事兒？若此事當真，不就證明這山男根本是個人了？」

「聽來——並不是個人。」

「不是個人？方才咱們這滿腦子洋人學問的公子哥兒不也費盡唇舌解釋過了，不論過的是什麼樣的生活，人就是人，獸就是獸，人與獸是不可能生得出娃兒的。」

若是個妖怪，又會如何？

「要我說幾次你才聽得懂？世上根本就沒有妖、妖怪這種東西。」

「好了好了，我並不是不懂。的確——你們說的都不無道理。世上或許沒有妖怪，反之，或許可能真有未為人所發現的猿猴、或文化不同的民族。不過，一個高逾六尺，渾身覆毛，雖聽得懂人話但無法言語，能徒手將豬撕裂生食的東西——究竟該是獸，還是人？難道視之為妖怪真的錯了麼——？」

眾人悉數靜默了下來。

【參】

此事發生在武藏野某村落。

發端乃村內有一大戶人家的獨生女突告失蹤。

失蹤者，乃居住於野方村之農民蒲生茂助之長女阿稻。三年前的明治六年冬季，阿稻突然失去了蹤跡。

蒲生茂助乃野方最富裕之農家，除了米、麥、蘿蔔之外，亦栽種甘藷及馬鈴薯等作物，據說其靠將作物販賣至府內（**註7**），賺進了不少銀兩。

註7：日本古時豐後國之最大都市，位於今大分市中心地區。

由於原本就是個坐擁大片農地的農家，維新後除務農之外，亦投入當地盛行的蕎麥製粉業，辛勤耕耘下，又累積了更為龐大的財富。

茂助的成功祕訣，在於馭人有方。

即便坐擁廣大農地，若只懂得默默耕稻，算不上什麼才幹。

欲有效利用土地，需要善用技術與人才。而茂助總能不計身分地徵得所需的人才，並適才適所地加以運用。

工匠、商人、甚至身分更為低賤者，茂助均願不分貴賤地加以雇用、平等待之，並將每人分配至最能發揮其專才之處。

採此新穎手法，可謂符合四民同權時代之潮流。

商人擅長數銀兩，工匠擅長製造器物，莊稼漢則擅長耕地。至於其他差事，茂助認為即便是無身分者，日久也應能勝任。

茂助生性和藹，深諳待人之道，不分受雇者及主顧，對其均是景仰有加，讓他得以順利買賣交易，一切均運作得十分順暢。

不過，亦有不少人對茂助的做法感到不滿。

不僅是出於嫉妒，茂助不優先雇用同鄉的作風，或許也招來不少反感。

這反感，或許是出自眾人對身分低賤者根深蒂固的歧視。

尤其對茂助將小屋供其雇用之長吏非人身分者、或居無定所者居住一事，眾人的反彈最為強烈。即便如今國民之間已無大名、下人之別，但多數人依舊因循前幕府時代的風習。雇用町人或許尚能容忍，但怎能雇用原本連個身分也沒有的賤民？雖無人明顯抱怨，但世間的反彈氣氛已是十分明顯。

就某種意義而言，眾人的反彈也是理所當然。畢竟維新至今仍未滿十年，此類歧視風氣當然是尚未消褪。

明治四年八月，太政官頒佈了以下的法令。

廢穢人、非人等稱，爾後其身分、職業均等同平民——

其條文內容如下：

廢穢人、非人等稱／均編民籍，其身分、職業均等同平民，罷地租蠲免制。

如此一來，原本備受藐視、其身分為社會所唾棄者，也歡天喜地的與農民或城內百姓同樣成了平民。欲定居什麼樣的地方、從事什麼樣的職業、與什麼人成婚，均為其個人自由——太政官是如此說的。

歡迎這道法令者有之。強硬反對者亦有之。即便如此，新政府仍得以繼解放城內百姓後，進一步解放了飽受藐視的階級，在表面上廢除了身分歧視。

不過，成效也僅止於表面上。

山男

如此一來，的確達成了四民平等，士農工商等世襲階級之別是消失了。但即便如此，並不代表人們的生活真起了什麼變化。

莊稼漢仍種稻、工匠仍製作器物、商人仍進行買賣。

除此之外，又能如何？

即便消弭了身分差異，職業畢竟無法說換就換。

哪管標榜如何自由、如何文明，人們仍得仰賴原本的謀生手段餬口。在此情況下，貧困者依然是一貧如洗。

不過，即便一貧如洗，能幹活餬口者還算得上幸運。

維新後，某些階層不僅失去了身分，甚至還失去了維生的手段。

這些階層，即為最高位的武士，以及較最低位還更卑微的——賤民。

武士與賤民兩種身分，本身即為職業。

武士們倒還好。即便已非支配階層，但武士們至少還有些許積蓄，並能識字書寫，亦有宅邸可居住。再者，這階層還比任何人都懂得賣弄身段耀武揚威。

被統稱為賤民者，可就辦不到了。

這等人才真是一無所有。

在前幕府時代，這類人的生計尚不及維新後嚴峻。雖為身分制度所摒棄，但這些人至少還持有正規身分之外的身分，諸如長吏非人（註8）、乞胸猿飼（註9）等。在幕府時代，這些也堪稱身分——同時亦是這等人的職業。

但維新後，這類人連原本的身分也遭剝奪。

取而代之的，是他們取得了戶籍。

但這並不代表這些人就被授與了財產與差事。別說是授與，甚至是遭到了剝奪。分配給這等人的差事，幾乎可說是任何人都幹得來的。

神佛分家、廢佛毀釋（註10）等政策，更是助長了這股風潮。就連諸如山伏修行者等宗教人物，也完全給斷了生計。

乞丐、願人坊主（註11）、與鳥追（註12），亦悉數成了一無所有的失業者。

除此之外——

雖已無職，但戶籍仍在。既有戶籍，便須繳納稅金。即便遇上的是窮人，稅吏討起稅來依然是毫不寬待。總之，這剛推行的新制度其實頗為扭曲，箇中藏有眾多瑕疵。

自此，這些人的生計變得益形困頓，成為平民後，賤民階層一口氣成了一無所有的貧民，日

註8：長吏為江戶時代管轄賤民之首長。非人則為江戶時代幕藩體制下所界定的階級之一，為最下層之賤民，依法不得從事生產性的工作，屬非人頭管轄。通常從事監獄、刑場之雜務，或低等民俗技藝等等。

註9：乞胸為在民家門前或寺內、廣場等地藉表演乞討的雜耍藝人，猿飼則是以訓練猿猴，並攜其赴各地巡迴表演來餬口之街頭藝人。

註10：明治維新後，日本強力鼓吹神道，並頒布神佛分離令，間接引發了排擠及破壞佛教的風潮。

註11：江戶時代剃髮素服，挨戶行乞之偽僧。常徘徊市井，於自行許願、訴願後，開始向人乞討錢米。

註12：常見於江戶之藝人，又名女太夫。多為非人之妻女出身，於年節期間施胭脂著華服，頭戴編笠，至店家或民宅門口彈奏三味線吟唱乞討。

子反而過得更不自由。除了極少數，這些人不得不遷入各種兇險之處，被迫在較原本更為惡劣的居處與條件下並肩討生計。

茂助似乎毫無歧見，不，甚至可說是積極地雇用了這類人等。

至於茂助的本意究竟是不忍見這些人飽受飢寒折磨的慈悲、亦或出於以更低廉的酬勞雇人的盤算，則不得而知。

不懷好意的鄉親們，似乎泰半認為理由為後者。但即便如此，受雇者對茂助仍是滿懷感激。即便飽受抨擊誹謗，至少茂助似乎沒有任何從事不正當買賣之實。

即便如此惹人嫉妒，蒲生茂助似乎不是個招人怨恨的人物。

該年冬季。

茂助之女遭到神隱（註13）。

事發時，阿稻年方十八。

當時，茂助除農業與製粉業，經營範圍還擴及醬油釀造，正打算大肆振興事業。

隔鄰的中野村已有人著手從事味噌醬油的釀造事業。有鑑於此，茂助起了同當地醬油業者攀親家的念頭。

女兒已到了適合成婚的年紀。

碰巧，在北國又覓得了合適的對象，雙方親事談得十分順利。當然，就事業合作的談判也是大有進展。

正值此時——

事發前不久。

茂助周遭起了一陣騷動。

似乎是手下的碾粉工人間起了摩擦。

由於茂助不以姓氏出身，而是以人品作為雇用的基準，並應工作份量支付薪酬。因此手下傭員中，既有來自山區、亦有來自城鎮、甚至不乏來自他國者。如此一來，即便茂助本人並不抱持任何歧見，傭員之間仍不時要起齟齬。

這起摩擦起因不詳。

起初不過是雙方持續產生言語衝突，後來某方按耐不住而出手，局勢隨即越演越烈。如此一來，原本不相干的局外人也紛紛開始介入，隨著助勢的人越來越多，局面終於演變成了一場劇烈爭執。

此時，正值銀座的煉瓦街（註14）落成時。

這場爭端雖曾一度平息，但雙方怒火並未熄盡，事後依然是爭執不休。隨規模一再擴大，最後終於演變成連當地的地痞流氓都紛紛加入的大暴動。

對此事最感困擾的，莫過於茂助本人。

手下傭員停工，鄉里抱怨連連。茂助雖曾極力勸阻，以防事態驚動官府，但任何努力均於事

註13：指人突然失蹤之現象。古人認為人毫無前兆，突然於山中、林中、或城鎮內失蹤，乃神或妖怪所為。

註14：一八七二年銀座大火後，於原地以防火之磚瓦搭建的街道。後毀於一九二三年之關東大地震。

無補。
到頭來，只得由警保寮（註15）派出捕亡方（註16），方得以敉平暴動。
或許是賤民廢止令接連引起暴動或起義，當局對此等事件絲毫不敢大意。
最後，共有五人負傷，八人被捕。
茂助也受到嚴厲譴責，被迫支付罰款。再加上來自鄰近鄉鎮的強烈抗議，逼得茂助不僅是掀起事端者，就連其他甫晉身平民者，皆得悉數解雇。
到頭來，這場暴動讓原本幾已談定的親事也就此告吹。
畢竟在此情勢下，成親的氣氛早已煙消雲散，對方也在不知不覺間迅速疏遠。
茂助也只能感嘆無緣，就連原本盤算的新商計也因此被迫放棄。
就在此時——
家中千金突然失蹤。
當時由於人手不足，家中成員變得更為忙碌，就連阿稻也得幫忙照料家事。
當日，阿稻也是打一大清早便忙個不停，後來出門打水，就此失去蹤影。
直到傍晚，家人才發現阿稻失蹤。
第二日、第三日，阿稻均未返家。
究竟是落河溺水，抑或遭人誘拐？三日過後，此事在村中掀起一陣騷動。
眾人紛紛將暴動之事拋諸腦後。畢竟茂助原本就不是個惡人，一家還是自前幕府時代延續至今的望族。至於其女阿稻，更是眾人公認的溫柔姑娘。這下全村悉數動員，鳴鐘擊鼓入山尋人。

此時，亦有不少人推測阿稻或許是為難忍婚事告吹之苦而尋短。若是如此，曾助勢起鬨的村民亦是難卸其責。

搜索持續了三日三夜，但阿稻依然是行跡杳然。

「未料某日，阿稻卻突然返家。」

劍之進說道。

「而且是在三年之後？」

惣兵衛問道。

「沒錯，正是在三年之後。阿稻返家，乃是四、五日前之事。」

「三年歲月並不算短。若要解釋成迷了路當然牽強。怎麼看都像是遭人誘拐、或離家出走，在他處生活多年。」

或許真是如此罷，劍之進回應道，但似乎語帶幾分猶豫。

「是否真是如此？」

「實情還真是不得而知。總之，阿稻是帶了個娃兒回來的。」

話畢，劍之進一臉彆扭地撫弄著鬍子。

是誰生的娃兒？正馬問道。

註15：明治初期之警察制度中，隸屬於司法省，職司掌管全國警察的單位，相當於今日日本的國家警察地方本部。

註16：即捕吏。

「當然是阿稻生的。」

「不，我問的是，生父是何許人？」

「這還用說——」

當然就是山男，劍之進語帶不悅地回答。

「別瞎說。」

「我哪是瞎說？困擾我的，正是此事。」

「這就真教人不解了。在過去的三年裡，這姑娘究竟是上哪兒去了？她又不是不能言語，為何失蹤三年突然返家，卻又——？」

正確說來——

阿稻並未返家。

而是被收容於比野方更為偏遠的高尾山麓一帶的村外某處。

據傳，當時阿稻揹著娃兒，在尚未開道的難行之處遊蕩。當時她渾身齷齪，衣衫襤褸。當地居民見狀憂其安危，便喚其止步，並收容照料之。

據說阿稻當時的慘象教人不忍卒睹。

腰部以上披著一件以藤蔓束綁、無從判斷原色的破布，腳下連草鞋也沒穿。以一塊看似布巾的東西揹負娃兒，唯一的行頭，便是幾條似乎用來充當娃兒襁褓的破布。

秋季山區寒氣逼人，凍得其手腳滿是皸裂。

不論問及什麼，這姑娘——阿稻總是閉口不語。

被問及姓名、住處，均不願開口作答。

但這姑娘似乎並非不能言語，也不是精神異常。照料起娃兒來依然是手腳俐落，亦會出聲哄弄，同時也會哺乳。

不過，顯然這姑娘已有數日未曾進食，哪管娃兒如何吸吮，似乎都吸不出多少乳汁。再者，這娃兒也並非襁褓嬰孩，而是營養匱乏導致發育不良，雖體格看似甫出生不久，實際上應已非尚需哺乳的年齡。

即便如此，一嚐到母乳的滋味，娃兒還是停止了哭泣，這姑娘也露出了常人應有的神情。其他時候，則總是眼神渙散，一副心不在焉的模樣。依照料者所言，看來彷彿著了什麼魔似的。但為其送上飯菜，又懂得彬彬有禮地低頭用餐。

據傳，如此過了兩、三日，直至第三天，姑娘才終於開口致謝，並誓言絕不忘此大恩大德。不過，姑娘依然不願報上名字，問當時欲前往何方，僅是搖頭不答，亦堅決不願透露其出身，僅堅持不宜繼續如此受人照料。

這下，村役（註17）只得出面勸阻，若是如此隻身離去，極可能是死路一條。

經過一番好言相勸，姑娘終於坦承自己即為野方村蒲生茂助之長女。

聞訊，茂助未感欣喜而是大驚，連忙趕去探視，見這姑娘確為自己的生女阿稻無誤。

離散三年的父女，這下終得重逢，但是——

註17：江戶時代負責處理農村事務之基層農民官員。

「未料，卻添了個外孫？」

正馬摩挲著下巴說道。

「沒錯。而且還看見母子倆竟均是瘦骨如柴。據說茂助見狀，感覺兩人彷彿是教狐狸給抓去了似的。」

這下又拿狐狸來比喻了？惣兵衛笑道：

「可真像咱們劍之進的作風呀。可惜咱們現在談的不是狐狸，而是山男什麼的。不過，這姑娘可供述了些什麼？」

「供述？」

「沒錯，也就是關於那山男。也不知這東西是否像天狗，但這姑娘是否成了牠的禁臠？」

「禁臠——也不知是否該如此形容。」

也不知是何故，阿稻起初似乎無法流暢言語，不僅話說得極少，內容還毫無要領，聽得茂助完全無法理解。

僅說——曾居於山中。

並言——與山民為伴。

說的淨是這種話。

不僅如此，話中還夾雜著不少從未聽過的辭彙，常教人聽不懂究竟是想說些什麼。

問娃兒叫什麼名，也僅直喚與太、與太。

似乎娃兒就叫這名字。

眼看絲毫理不出個頭緒，茂助便向收容母女的村民們致謝，支付了充裕的禮金，便領著阿稻和與太回到野方。

接下來——

茂助試著以和緩語氣——在供阿稻浸浴或食用滋養時，一點一點向阿稻詢問原委。

但阿稻的記憶混亂依然。

僅記得曾外出打水。

接下來，又開始語無倫次了。一會兒說什麼鱉助（註18），一會兒又說什麼間師（註19）如何如何，一會兒又提到什麼築屋產子，教人聽了更是丈二金剛摸不著頭腦。

經過數日執拗詢問，依然問不出一個究竟，茂助再也無計可施，只得請求阿稻至少說出娃兒的爹是何許人。

被這麼一問，阿稻旋即陷入一陣錯亂。

——一個身材高大的漢子，

——一絲不掛，碩大無朋，

——渾身覆毛，

怕死人了，怕死人了。

註18：古代賤民常以獵捕龜或鱉營生，故得此名。

註19：為四處流浪討生活、閱歷豐富的「世間師」之簡稱。

雖仍聽不出一個所以然，但看來似乎是——有個渾身赤裸的彪形大漢，以蠻力擄走阿稻並加以凌辱，因此讓她懷了這個娃兒。

問起這漢子個頭有多大，阿稻便誇張地張開雙臂，表示要比屋子還要巨大。同時還供述其力大無窮，就連豬或熊也能徒手扯裂。

經過半日，阿稻方才冷靜下來。

「個頭真有這麼大？」

正馬語帶狐疑地說道：

「這還真是教人難以採信呀。澀谷，你覺得如何？」

「形容一個大漢身高六尺，不過是個比喻。再者，秋冬山中至為嚴寒，渾身赤裸絕無可能活命。大家不妨想想方才我提起的那門生所述說的故事，即便是山怪，不也想為驅寒就火取暖、穿掛獸皮？再者，若這東西是個人，應無可能徒手將豬或熊扯裂才是。」

「這東西可懂得食牛馬？」

不知何故，劍之進一臉恨意地交互瞪著兩名分別是土豪傑與假洋鬼子的朋友。

「有人認為食用牛肉鍋（註20）一類的肉食，是文明開化後的產物。但百獸屋（註21）什麼的，在府內（註22）打前幕府時代就有了。山區的獵戶，不也頻繁食用自己所捕獲的獸類？」

「吃或許吃，但也不至於將之撕裂罷？」

的確有理。

與次郎認為不論怎麼看，劍之進所述這襲擊阿稻的漢子絕對是個怪物，不可能是個人。

這東西絕對是獸類，正馬說道：

「應是什麼新種的猿猴。據說南蠻就有獰猛巨大的猿猴，還能同獅子一決雌雄哩。」

「猿猴會襲擊女人家？」

「誰說不會？」

「若為果腹而襲人，倒還能理解。但若是強姦，可就教人難以接受了，更何況還讓這姑娘懷了一個娃兒。」

這當然不可能，正馬斬釘截鐵地回道：

「我指的並非這種事兒。不過是質疑這姑娘會不會是在山中遭到猿猴襲擊，驚嚇之餘失了心智，將所有記憶都給攪和在一塊兒了。」

意思是，娃兒的爹另有其人？惣兵衛問道。

「每個娃兒都註定有爹，人的爹當然還是人。」

「原來如此。想必你推測的是這麼回事兒罷？這姑娘遭前所未見的巨猿襲擊，雖保住了性命，卻失了心智，一時間什麼都給忘記了。徘徊山中時，又遭無賴施暴凌辱，便懷了這個娃兒——」

且慢且慢，劍之進打岔道：

註20：將牛肉與蔥、豆腐等同於平底鍋中烹煮的料理。又作鋤燒，即壽喜燒。

註21：江戶時代，居住於江戶近郊農村的農民，常以槍枝獵捕野豬、鹿等破壞農地的野生獸類，並運往江戶販售。百獸屋指的是以此類自農民購得的獸肉，同時也可能販售犬、猴、牛、馬等肉類烹調料理的餐飲業。

註22：隸屬於町奉行管轄的江戶市內區域。

「大家別忘了，阿稻並非在山中，而是在住家附近失蹤的。若是在山中，或許遭罕見獸類襲擊還說得通，但阿稻可是自農家至水井打水途中失蹤的。若依你們的推測，這隻巨猿不就是在其住家附近徘徊了？但可沒任何鄉民看見這種東西呀。」

「打水途中——難道不能稍稍繞道山中？」

「自野方至高尾山麓，憑一個女人家，走個一整天也走不到。一個小姑娘信步遊走，哪走得了這麼遠？」

有理，正馬這下也閉上了嘴。

「阿稻所言雖是虛實難辨——但總不能放任不管。茂助與眾村民便研議須找出這山男什麼的，並加以驅除。既然生得出娃兒，代表山男應是個人，若非獸類，總不能任由百姓放槍狙殺。若其真有施暴、擄人、監禁之嫌疑，應將其活捉並裁之以法。這就得由吾等官差來承擔了。」

「只要呈報這東西是個妖物不就得了？」

與次郎說道：

「雖不知實情為何，既然其女業已歸返，外孫亦安然無恙，茂助理應已無任何不滿，不至於要勞師動眾地央請警視廳的巡查大人出勤。便告知東京警視廳之職務乃維護江戶府之治安，而非驅除鬼魅魍魎，除妖之務應委由他人為之。雖知此事不易甘心隱忍，但也只能奉勸茂助大事化小，日後更加謹慎度日便可。」

聞言，劍之進神情益發氣餒地回道：

「但如此一來，那娃兒……」

「娃兒怎麼了？」

與太這娃兒——不就成了妖物之私生子？這位巡查大人說道。

「娃兒本無罪，總之得為他辦個戶籍。若日後須與人一同營生，少了個身分可就——」

沒個身分，的確不妥。

如今社稷表面上雖宣稱四民平等，但階級歧視依然根深蒂固。若讓這娃兒被烙上妖怪私生子的印記，他人對其必將多所顧忌。

這山男究竟是人、是獸、還是妖——？

「總之，非得有個結論不可。」

劍之進雙手直朝臉頰上摩挲，將原本梳理得整整齊齊的鬍子給搓得雜亂不堪。為何非得有個結論不可？惣兵衛問道。

「定個緝捕方針當然是當務之急。若是常人所為，吾等便不得不究辦。既然有女人家遭勾引、強暴，當然須提出告訴，豈能坐視此等兇嫌於山野中逍遙法外。即便真如正馬所推測，乃野蠻獸類所為——對村民亦將造成威脅，必得儘速入山獵捕驅之。況且……」

你怎老是鑽不出這死胡同？，正馬打斷劍之進這番話說道：

「就別再鑽牛角尖了。矢作，如此下去，根本成不了任何事兒。不消說，那姑娘所說的鐵定是一派謊言，不過是為了掩飾娃兒生父的身分罷了。難道不是如此？」

一派謊言——

難道阿稻的敘述果真不是實情？與次郎暗自納悶。

劍之進高聲感嘆道：

「不過——有些事兒也讓我頗感質疑。」

什麼事兒？三人異口同聲地問道。

「首先，方才不是曾提及，在阿稻失蹤前不久，該地曾起過爭端？」

「就是那場賤民的暴動？」

惣兵衛這麼一說，劍之進隨即嚴詞糾正道：

「蠢才，如今凡人皆為平民，別再隨口說出賤民這個字眼。『思慮欠周』這四個字，形容的正是像你這等莽夫。總之——當時那起爭端，正確說來，應是持長吏身分者與『非此身分者』之間起的糾紛。」

非此身分者，指的可是莊稼百姓？

「不是莊稼百姓，而是連這身分都稱不上者。既非彈左衛門所轄，亦不為非人頭（註23）所支配。既無身分，亦不知出身地，乃身分完全不詳——居無定所者。當時，人稱這夥人做山窩。」

怎從麼沒聽說過？惣兵衛說道。

與次郎倒是聽說過。

「這字眼指的，可是一夥四處漂泊、靠捕獵魚龜或編製簸箕販售餬口的轉場者（註24）？」

「真是轉場者麼？不過這些人的確是以這類手段營生沒錯。」

「不就是些在各地搭建簡單的小屋，於其中生活者？」

「似乎——就是如此。由於這等人浪跡全國各地，常於野地或山林中生活，教人無法掌握其真貌。只是，既然這些人也居於國內，便與吾等同為平民。既為國民，便得設法向其爭稅，而且其中又有不少作姦犯科之惡徒，新政府實不宜輕易縱放——」

「其中也有這類惡徒？」

「沒錯。問題就出在茂助雇用了幾名山窩。」

原來——

劍之進口中的幾名山窩，以及惣兵衛口中的賤民，曾一同在茂助手下謀職。

這兩種人哪有什麼不同？正馬問道。

「當然不同。」

「果真是不一樣的人？」

「這——應是有所不同。」

是這些人自個兒聲稱和對方有所不同罷了罷？惣兵衛說道：

「事實上還不都是一個樣兒。」

這麼想就錯了，與次郎說道：

「看來你仍是以鄙視的眼光看待這些人呀，惣兵衛。」

「我可沒分毫鄙視的意思，但——」

註23：彈左衛門為江戶時代非人身分者之首，非人頭則為管轄非人之官員。

註24：指居無定所，四處漂泊討生活者。

話及至此，惣兵衛突然罕見地閉上了嘴。

「看來你果真是帶鄙視眼光呀，澀谷。難道你不知在洋人眼中，哪管是武士、公家（註25）、城內百姓、還是莊稼漢，咱們國家每個人看來都不過是穿了衣裳的猴子？」

聞言，惣兵衛面上旋即泛起一陣不悅。

「你瞧，聽到這你不也光火了？或許我真是個只懂得偏袒洋人的假洋鬼子，但聽到洋人說這種話，同樣會感到不悅，因為聽得出洋人根本是將我國斥為蠻邦，因此也分不出不同身分者有何差別。山民、長吏、與非人雖同樣無身分，但畢竟有別。」

原來正馬有時也懂得說些道理——與次郎心想。

「記得轉場者並不隸屬於任何組或講（註26），是麼？」

「沒錯，與次郎。就我所知，山窩雖好結夥營生，但既無組織，亦無頭目。也不知經緯究竟如何，幾名山窩得以矇混入茂助那兒謀職。而且，據說這起爭端的起因——正是阿稻。」

——竟是為了那姑娘？

可是為了爭風吃醋？惣兵衛問道：

「但當時不是正在談那姑娘的婚事？」

「的確是如此。不過，衝突之真正起因，並非雙方為了這姑娘爭風吃醋而小題大作，其實是愚蠢至極。據傳數名山窩中，有一名曰平左的小伙子，對阿稻甚為鍾情。此事平左本人雖未承認，但似乎亦未否認——但仍引起對方不滿。平左一方則認為若是受茂助斥責還說得過去，但豈容另一夥人責罵——」

反正，此事不過是個引子，劍之進說道：

「真正的肇因其實更為根深蒂固。總之，雙方就這麼起了衝突。」

「因此全被解雇了？」

「沒錯，茂助因此將雙方人馬悉數解雇。當時平左便笑稱既然已壞了規矩，留在村裡也不會有什麼好事兒，這下又是孑然一身，不如回山上去——留下這番話，就這麼離去了。」

「回山上去？」

那麼，那姑娘又做如是想？惣兵衛問道：

「對那叫平左還是什麼的小伙子是否也起了情愫？」

「這——想必是沒有。阿稻和平左似乎連話也沒說過。不過，對阿稻有遐想的，似乎不僅限於受雇於茂助者。畢竟這姑娘性情溫和，似乎有個同鄉百姓對其亦是傾心不已。」

原來這姑娘還是個小町（**註27**）呀，正馬揶揄道。

「似乎是如此。此人便是暴動時向茂助提出抗議的村內總代之子，名字——似乎是山野金六。這金六對阿稻似乎是頗為迷戀，未料——此人竟然死了。」

「是怎麼死的？」

註25：於朝廷中仕官之貴族、官員的總稱。

註26：組為組織，講為互助會之意。

註27：指約九世紀平安時代的女歌人小野小町，據傳本人才貌雙全，與埃及艷后、楊貴妃名列世界三大美人。

「唉，是在入山搜尋遭神隱的阿稻時喪命的。稍早我也曾提及，村民們憂心自己也得為阿稻的失蹤負責，因此動員全村尋人。金六在天明前便打頭陣入山——就在此時遭尖刃刺殺。而且，喪命之處還是距離村子十分遙遠的高尾山麓——」

話畢，劍之進再度摩挲起自己的臉頰。

【肆】

聽完劍之進的敘述，藥研堀的老隱士一白翁竟然是滿臉哀傷神情。

接下來，老人將視線移向坐在身旁的小夜。這孜孜不倦照料老人生活的姑娘，通常在送上茶或點心後便會返回主屋，也不知何故，這回卻依然坐在老人身旁。

與次郎不禁憂心老人體態是否欠安。

該不會是有哪兒不舒服罷？與次郎心想。只見那張皺紋滿布的枯瘦臉龐，平時乾枯得教人幾乎難以辨識其面色，這回卻不知何故，顯得異常悲傷。

其他三人似乎沒發現任何異常。只是由於今日小夜也在場，劍之進說起話來語調較平時堅硬些許，正馬的姿勢也較往常端正許多，就連惣兵衛的鹵莽性子也收斂了不少。

原來大夥兒對小夜都是如此傾心呀，與次郎心想。

山男？老人以一如往常的悠然口吻說道：

「山這東西——」

山這東西的確可畏，一白翁說道。

大夥兒一如往常地聚集在九十九庵這座小屋內。與次郎一行四人經過一番毫無結論的議論，到頭來還是只能造訪此處。

敢問是如何可畏？惣兵衛問道。

「當然可畏。想必惣兵衛這般豪傑，必要聲稱世上一切均不足畏。但山可是人力所無法駕馭的，哪管是劍術之道或儒學之理，碰上山都是無可奈何。山是個生靈，其中又蘊藏草木、蟲獸、苔蘚等諸多生靈。山中沒有任何東西不是活的，樹上土裡均有蟲螻，溪澗之中亦有魚龜。即便一座小山，亦是眾多生命之匯集。」

有理，正馬附和道：

「或許山中——的確沒有任何東西不是活的。」

「當然沒有。即便是一具死骸，亦有蟲藏匿其中啃食，也會生出苔蘚雜草。而山最值得敬畏的，便是不須任何外力幫助便得以存續。」

「不須外力幫助？此言何意？」

「少了山，村里將無法存活。因河水冷暖、風向均將隨之改變，土地亦將隨之乾枯。」

真會如此？惣兵衛質疑道。

當然是如此，老人回答：

「有了山，村里方能營生。但少了村里，對山根本是不痛不癢。山可是由蘊藏其中之諸多生命匯聚而成的巨大生靈，人若入山，便等同於潛入生靈之臟腑，不是被視為異物遭其排除，便是被視為其生命之一部分而遭同化。山總是強逼人由兩者擇一，絕不做任何妥協。」

「排除或同化？」

這道理與次郎多少能理解。

雖遭強逼，但要人簡單做出抉擇可非易事，老人說道：

「因此，人置身山中時，不時會有種左右搖擺、不知如何是好的感覺。一方面是難以適應的不安，另一方面則是受到保護的安心；同時也感覺到一股獲得解脫的歡喜，以及一股遭受禁錮的憂鬱。」

這難道不可畏？老人說道。

「還真是個生死交界之境呀。」

說得好，聽到與次郎如此喃喃自語，老人終於面露笑容說道：

「的確是個生死交界之境。」

因此，山方被人視為禁忌。

「山這東西——萬萬不可用言語或行動妄加侮蔑。」

我方才提及的門生曾言，自己家鄉也有這規則哩，惣兵衛說道。

「噢，惣兵衛先生所述的事兒，應是發生在越後。記得老夫也曾讀過相同的記述。」

「相同的——記述？」

「是的。出處乃撰於文化九年之《北越奇談》，作者為一名曰橘崑崙之隱士。其中的卷四之十，便載有與惣兵衛口中之山男故事完全相同的記述。記得該記述中，亦曾提及禁忌一事。上自

奉行，下至樵夫均有言——若於山中小屋遭遇任何怪事，均不可對人提及——」

「北越？那應是同一個地方哩。」

「的確是同一個地方。雖身分不詳，但看來這崑崙亦如老夫一般，對新奇事物極感興趣，還曾前往山女棲息之洞窟探勘。」

除了山男，還有山女？正馬問道。

惣兵衛笑道：

「既然有雄的，當然也有雌的。老隱士，您說是不是？」

「不知是否該以雌雄稱之。依老夫所見，崑崙似乎未將其視為獸類。」

「那麼，難道認為那東西是人？」

「記得崑崙曾於文中解釋，人雖視山男山女為鬼神，然其真貌不過是棲息於山中之自然人種，僅因未曾學習而無法言語、不諳製衣之術而衣不蔽體，至今仍依循夷地五十年前之風俗，故極為愚鈍不智，宜授其人道，促其開化之——」

「意即，這山男實為原始先民？」

劍之進如此追問，但老人僅是嘆息一聲，並轉頭望向小夜。

過了半晌，才如此回答：

「或許如此概括有失允當。根據諸多記載妖物之書卷所述，山中妖物其實有形形色色，名曰山童者，每逢夏日便下山化為河童。另有名曰山都者，則為見越入道之別稱。」

見越入道？

惣兵衛高喊道：

「這不是玩具繪（註28）中那頸子拉得老長的傻東西？」

「是的。在江戶一帶或許是如此描繪，但這東西本為出沒於路旁的妖物。人在小道上走著走著，便可能遇上這種東西。原本看似個小和尚，眼看著卻越變越高。」

老隱士朝天花板緩緩抬頭。

惣兵衛與正馬也隨他抬起了頭。

劍之進痛苦地望著兩人傻愣愣地伸得老長的頸子，開口問道：

「所以，這東西也是個妖怪？既然能變化形體大小，有違天地萬物之常理，理應屬於妖魔鬼怪一類——」

且慢，這下終於止住了原本還在往上抬的頭，正馬開口打岔道：

「切勿妄下結論。老隱士應無此意，不過是據其周遊列國時所聽聞，陳述鄉間曾有此類奇異現象，而人如此稱呼此類妖物，如此而已。」

「是的，的確如正馬先生所言。不過，這可變化形體大小的妖怪，稱呼其實因地而異，有人謂之為伸上，亦有人稱之為高坊主，但就老夫所蒐集之傳聞看來，見越似乎是最常聽見的稱呼。後來，這傳聞傳至江戶，為戲作者所青睞。頸子伸長，想必是黃表紙（註29）等之插畫為表現其身高變化所採用的技法。欲以插畫呈現東西越變越大，通常以頸子伸長來表現，玩具繪中常見之呈現方式便是一例。被視為與山都為同物者，應是大入道。」

「將兩者視為同物者，是何許人？」與次郎問道。

「此人名曰寺島良安。」

「此人可是《和漢三才圖會》之作者?」

沒錯,沒錯,老人頷首道:

「良安以《本草綱目》等為範例,將獸類分類為寓類與怪類。」

「兩者有何區別?」

「噢,寓為似人之獸類,怪則為似人之妖。由於書中之介紹略嫌紊亂,故區分或許不易,但大抵而言,猿猴屬寓類,山都則屬怪類。不過,這區分似乎仍稍嫌曖昧。」

「是何處曖昧?」

「噢,獼猴、猨、果然、猓等,的確屬於猿猴一類,但猩猩或狒狒等,則就是兩類皆可了。山精、山童、魃、彭侯等,則確實屬於妖物一類。不過,若論及木客、野女、山丈、山姑……」

「那麼,山男呢?」

劍之進終於敏感了起來。

「敢問山男又該屬哪類?」

「很遺憾,這可能與各位原本的想像略有出入。山男應為單足、腳跟反轉、僅有三指、習於扣門行乞的妖物,與山精同屬獨腳山怪一類。」

註28:江戶至明治時代一種供孩童閱讀之插畫小說。

註29:盛行於江戶時代中期的通俗繪本之一種。

「獨腳山怪？」

「是的。書中之記載一如惣兵衛先生方才所述，似山精之妖物雄者為山丈，雌為山姑。林羅山等人亦曾比對漢籍與日文之名稱，但看來並非易事。稱其為與山男同音之山丈者（註30），亦為羅山。此妖物之敘述載於書中〈多識編〉，其中不乏獨腳鬼項目，看來將漢籍譯成日文果非易事。但畢竟承襲《和漢三才圖會》與《山海經》等古籍之影響，羅山之成果不過是踏循古籍所編。此書所載之山男，與各位所言及之山男似非同物——較為近似者，應為書中之野女或木客。」

「敢問這野女，是否為雌性——不，女性之山男？」

這說法可真滑稽，矢作與正馬笑道：

「就連這東西是男是女，都不知道了。」

老人也以沙啞嗓音笑道：

「寺島安良參閱《本草綱目》，記載野女棲息於日南國，俱為雌而無雄——」

這未免也太奇怪了，劍之進納悶道：

「若是如此，豈能生育？」

「噢，故此妖習於結伴求夫，凡遇男子必擄之，並強求與之交合，藉此生育繁衍。」

「不過，老隱士，這東西算得上是猿猴麼？」

「噢，雖與往昔故事中之山姥頗為近似，但據良安推測，此妖應屬猩猩一類才是。」

「若屬獸類，此類古怪故事便是羅織的罷？」

正馬以猶如揶揄古人無知的口吻說道。

不盡然是如此，這位博學的和藹老人輕輕鬆鬆地推翻了這假洋鬼子的推論：

「書中記載這野女通體白皙，想必意指其渾身無毛，且披散一頭黃髮。雖不著衣襦，但自腰至膝披有獸皮。如此扮相——豈是猿猴？」

劍之進緩緩轉頭望向惣兵衛問道：

「惣兵衛，老隱士所言的確不假——世上豈有無毛的猿猴？即便真有，也不可能懂得以獸皮蔽體罷？」

的確有理，這生得一臉鬍子的勇夫也只能一臉茫然地回道：

「如此看來——這東西的確不是猿猴一類。肌膚白皙、一頭黃髮，聽來活像是個紅毛洋人。」

有理，正馬附和道：

「記得日南國與支那國比鄰，是不是？」

沒錯，老人回答：

「論及正確地理，恕老夫所學不精。不過越國一帶——應不屬西洋才是。」

「的確是東洋無誤。不過，西洋真有以擄男交合以為生育之女部族。產下的若是男娃兒則殺之，僅將女娃兒撫育成人。此習俗與書中所述，似乎頗為近似。」

難不成是這女部族遷徙到東洋來了？惣兵衛妄下了個荒唐的揣測。

不不，老人搖頭說道：

註30：山男與山丈之日語皆讀為やまおとこ。

「畢竟東西相距甚遙，或許不宜妄下如此結論。不過誠如各位所言，此妖若須與人結合方能生育，想必便是人了。傳說中雖不乏妖魔或獸類與人產子之說，實際上理應是無此可能。由此看來，這野女想必是與人極為近似的東西罷。」

方才，老夫不也曾提及某與野女近似，名曰木客之妖物？老人繼續說道：

「此妖乃載於唐土宋代所撰之《幽明錄》。《本草綱目》則記述其屬棲息於南方山中之狒狒一類，但不知何故，頭形卻與人完全相同，語言亦與人語一致。」

「這東西能言語？」

看來似乎是如此，老人回答：

「根據書中所載，此妖居於岩壁間，死後亦會入棺下葬，不時還與鄉民交易。論這交易，想必是以其獵得的獲物換取鄉民之某些物品。一題為《合璧故事》之古籍，甚至記載木客尚能吟此詩——酒盡君莫沽，壺傾我當發。城市多囂塵，還山弄明月——唉，坐擁如此文采卻身為山怪，著實可惜。」

且慢，正馬說道：

「老隱士，倘若顏面、軀體、乃至言語均與人相同，還擁有如此文思，不就證明這東西雖棲身之處與常人有異，但終究是個人？」

「的確。僅其手腳指甲長如鉤這點與常人有異。」

指甲？劍之進納悶地說道：

「是否因不懂修剪，而放任指甲生長？」

「或許僅是如此。但此妖畢竟『非人』，或許指甲長度亦與人有異。老夫推測，此妖身形應是頗為碩大。山男之身軀，不也是碩大無朋？」

妳說是不是？老人向小夜問道。但小夜僅回答對此一無所知。

「裡應是個碩大無朋的東西才是。《甲子夜話》中，亦有關於山男之記述——不知與次郎先生是否讀過？」

「噢？」

讀是讀過。

「乃載於卷五十四《駿番雜記》開頭之處。」

「噢，可就是足跡那則？」

雖然依稀記得，但與次郎已想不起那是否真是一則山男的故事，僅能含糊地回了一句。沒錯，正是那則足跡的故事，老人立刻頷首說道：

「此事發生於駿河之安倍郡腰越村。文中記載其足跡長達三尺，足跡間之步伐寬度約達九尺，亦稱其無論岔路、小河均能一腳跨越，看來應是個龐然大物。文中稱此足跡之主為山男，偶爾可發現其糞便。由於山男多常以鈴竹為食，故糞便中常見竹葉。」

步伐寬度約達九尺？劍之進複誦道，同時以兩眼目測榻榻米邊緣，接著便嘆了口氣，同意其果真是碩大無朋。

「真教人無法想像。」

還真是難以置信呀，正馬說道：

「這不就同象一般大了？不，要比象還龐大哩。」
「不過，作者松浦靜山曾於信州戶隱一帶，遇一聲稱曾目睹三尺足跡之莊稼漢。行至豐後高田時，亦曾聽聞有人曾與身高約達兩丈之山伏或和尚擦身而過。」
兩丈？眾人異口同聲高喊：
「果真高大呀。」
「的確是碩大無朋。靜山亦有言，此妖行來亦是震天價響。」
由此看來，此妖『果真非人』，老人笑道。
「既似人——又非人？」
言畢，正馬望向惣兵衛。
惣兵衛則是望向劍之進說道：
「而且，亦非猿猴？」
這下還真不知是什麼東西了，正馬聳聳肩說道：
「若身軀真是如此龐然，此妖不僅非人、非猴，恐怕還非世間生靈。老隱士，您說是不是？猶記老隱士曾同吾等提及巨鰩一事，看來海中生靈確能長成龐然巨體。異國書籍中，亦載有較船隻更長之烏賊、或海蛇等龐然大物。但論及陸上生靈，最巨大者應屬象才是罷？」
象可有小山那麼大？過時的武士問道，也沒到這程度，假洋鬼子回答：
「雖大過馬，但小於鯨。」
「咱們這回談的是山男，可不是象。」

劍之進先是瞪了兩人一眼，接著又轉頭向老人問道：

「不過，老隱士，這松浦靜山之記述，可值得相信？」

「這可就難說了。畢竟靜山所撰並非自身所見，不過是據聽聞之事加以記述。」

「意即，並不值得相信？看來，其中或有誇張或誤判罷。」

「不，這也不一定。說來，老夫一如靜山，也曾親自向自稱目睹山男者探聽其經歷，並不認為這些人捏造事實，或有任何誤判。總之，巷說就是這麼回事兒。駿河之鄰國遠州等地，亦有不少關於山男之傳說。秋葉一帶，亦有山男身軀極為龐大之說。」

言及至此，老人瞇起了雙眼。

此乃其回溯自身經歷時常有的神情。

追憶往昔時，老人神情中雖帶有幾分愉悅，卻也有著幾分失落。

畢竟度過的人生尚不及老人半分，與次郎當然無法理解其複雜境遇。但每回見到老人如此神情，還是不禁試圖測度其心境，並隱約感覺有朝一日，同樣的神情或許也將在自己臉上浮現。

果真有兩丈高？正馬問道。

「噢，想必是沒這麼高，但至少也遠高過六尺。有樵夫聲稱個頭較小的，就有約莫六尺高。」

小夜，請讓一讓，老人朝小夜喚道。

只見老人自背後那座塞滿了東西的戶袋（註31）中掏出數冊記事簿，瞇起雙眼瀏覽著書皮上的

註31：裝設於屋內，用來收納卸下之窗板處。

文字，接著便自其中取出了一冊。

「找著了……遠州秋葉山男騷擾村民記事。」

「聽來的確有趣。」

劍之進端正了坐姿問道：

「這記事，可是老隱士親耳聽來的？」

「是的。但與其說是親耳聽來的，事實上，乃是老夫前往遠州時——」

難不成是當時的親身經歷？與次郎按捺不住地探出身子問道。

「不不，遺憾的是當年老夫沒能親眼瞧見。不過是行至該處時，碰巧經歷那場騷動罷了……噢，有了有了。老夫曾有記載，此山男似乎屬木客一類。此妖不僅與村民偶有往來交易，嗜酒之習性亦與木客相同，但不同於唐土之同類，此山男乃一文盲，且生性粗野——此記述，乃與稍早提及之木客故事比照後所撰。」

「與村民做何種往來？」

「噢，秋葉之山男不僅無同類眷屬，住處亦常不為人知，若於山中遇此妖，只消略事請求，便可代人肩負重物至山麓——似乎是為誇示其無窮怪力。」

「聽來與人似乎頗為友好？」

「似乎是如此……雖不見得個個都如此友善，總之是不至於襲人，反而頗樂於助人。受其幫助後，若支付銀兩以為酬勞，此妖必不願收取；但若是酒，便會歡喜地收下豪飲。總之，此妖似乎是嗜酒如命。雖不通曉人語，但只消以手勢與之溝通，輕而易舉便可達意——」

噢，劍之進問道：

「那麼，老隱士認為這山男究竟是——？」

「當時，老夫亦不認為這是個人。當然亦非猿猴一類，也非所謂的妖怪，而是——某種由山氣凝聚而成之物。」

「山氣？」

但這東西不是引起了一陣騷動麼？正馬說道：

「老隱士方才不是說過，自己曾經歷那場騷動？」

「噢，的確算是一場騷動。當時，有個姑娘為這山男所擄，不過後來也得以平安歸返。至於慘遭這山男殺害者……」

「什、什麼？」

這下輪到劍之進探出身子了。

「這東西擄走了個姑娘？」

「後來，人是回來了。」

「那麼，遭殺害的是什麼人？」

「乃是數名出外搜尋遭擄姑娘者。」

「老、老隱士，這——」

沒錯沒錯，與各位所述之事的確是十分近似，老人頻頻頷首說道，接著先是望向小夜，又轉頭望向庭院，過了半晌，方才再度開口：

「不過，似乎還是略有不同。」
「有、有哪兒不同？一個姑娘遭山男擄走，事後又平安歸返。但前去尋人之男丁卻慘遭殺害，豈不是完全相同？」
「不過……」
時代可就不同了，老人說道。
「時代或許不同，但發生的事兒可是一模一樣。此外，這並非傳聞或古籍中之記述，而是老隱士的親身經歷不是？」
「沒錯，確為老夫之親身見聞，但——」
話及至此，老人突然開始支吾其詞了起來，並罕見地向小夜徵詢道：
「小夜，這該如何解釋？」
「還能如何解釋？」
「唉……」
這下，一白翁宛如仰望見越入道的巨大身軀般抬起了頭來。
接著，又彷彿自言自語般喃喃說道：
「這到底該如何是好？不知那小股潛會怎麼做？」
「懇請老隱士務必告知詳情。」
一等巡查劍之進磕頭央求道。
聞言，老人勉為其難地翻開了記事簿。

【伍】

該從何說起呢。

唉，也記不得那究竟是何時的事兒。

當時，老夫一如往常，再度貿然決定出外雲遊。各位猜猜這回同行者是誰來著？

沒錯，正是御行又市先生，以及——對了，傀儡師小右衛門先生。老夫等一行三人，便結伴自上方返回江戶。

是的。

猶記老夫也曾向各位提及泉州那場天火一事，是不是？與小右衛門先生同行，也就只有這麼一回。

當時，吾等先是在大坂之一文字屋會合。

至於沿途都到過哪些地方，如今已記不太清楚了——噢，這記事簿中或許有所記載，但恐怕沒依造訪時間之先後順序記述。總之，吾等一行人並未一路沿東海道而行。

噢，雖記不得當年路是如何繞的，但總之一再繞道四處造訪，途中便抵達了遠州。

接著，便於日坂、掛川一帶滯留約一個月。

是的，當時心情頗為舒暢。

又市先生是個撒符御行，沿途不忘做些買賣。同行的吾等亦無須趕路。總之老夫酷愛奇聞異事，性好蒐集各類怪談巷說，聽聞任何傳言均不願放過。

至於小右衛門先生，想必是百無聊賴，只能上山伐木，雕製人偶。

噢，當時亦曾打探與山男相關之傳聞。

有位大夫就居住於吾等投宿之客棧不遠處。當時亦曾向其打聽。

是的。

當時正好出了那樁事兒，眾人均議論紛紛。

某日，老夫聽聞客棧門外一陣鼓譟，便出門觀望，見一腿部負傷者蹲坐門前。此人名曰俁藏，來自距客棧不遠處山間一名曰白鞍村之村落。

略事打聽後，方才得知村內有人急須救治，故遣此人前來迎接大夫。由於途中一路疾行，一不留神墜入谷底，腿部為樹根所絆，因而挫傷。

理所當然，俁藏央求大夫儘速趕往村落診治病人。

此事當然要辦，但此時得先必須醫好俁藏的腿。因此，大夫便為其診療。

並發現俁藏先生的腿斷了。

不過，這可就奇怪了。

沒錯，腿都斷了，俁藏先生究竟是如何來到此處的？畢竟斷了的腿，就連在平地都無法前進半步。墜落斷崖絕壁如屏風般聳立的谷底，豈有可能趕到大夫門前？即便是個沒負傷的人，也無法自谷底攀上絕壁。

這等事兒即便是拚了老命，也絕無可能辦到。

畢竟就連路也走不成了。
驚訝之餘，大夫便詢問俣藏是如何來到此處的。
這下，俣藏先生說出了一件怪異的事兒。
是的。
墜落谷底後，俣藏先生完全無法脫身。此時突然有一巨人現身，將俣藏先生挾抱腋下，猶如山中獸類般身手矯健地攀上高聳的絕壁，將他帶到了大夫門前——
沒錯。
抵達大夫家門後，這巨人旋即消失無蹤。
俣藏先生並聲稱，其身高約達八、九尺。
沒錯，這就是那山男。
此事當然引得眾人議論紛紛。
俣藏先生表示這東西雖是個山怪，但畢竟是自己的救命恩人，總得贈個禮以為回報，便以小竹筒盛裝上等好酒返回山谷。
山男果真就在那兒。
而且，據說還有兩個。
兩個同為身高直衝雲霄的巨人，一見到酒便歡欣豪飲，飲畢旋即又消失無蹤。
後來此事傳了開來，在該地變得無人不知。老夫亦是向那位大夫打聽來的。
沒錯。

這當然是個善舉。

而且還是個了不得的善舉。樵夫亦曾告訴老夫，山男可能為人搬運伐下的木頭，或挪開倒下的樹幹，雖是力大無窮，但生性和善，亦樂於助人。

不過，並不通曉人語。

亦不知其生於何地、死於何處。

就連於何處棲息都無人知曉。

不過，這山怪也不盡然只懂得行善。

再怎麼說，山男終究是山男。

山岳既可能予人功德，亦可能使人畏懼。

山男亦如是。

是的。

自是無法以人倫常理判斷。

其實，山男時有粗暴之舉。

或許是其乃山氣幻化為人形使然。

沒錯。

的確是發生了一樁駭人慘事。

遠州當地有一布匹盤商，名曰檜屋。

是家歷史悠久的老店。

該店之少東夫婦某日入山，從此行方不明。據傳，那是老夫抵達該地前一年發生的事兒。

噢，這位少東其實是個贅婿，原為該店之掌櫃。

此人原本不過是個小廝，由於幹活勤奮賣力，終獲店家拔擢為掌櫃。店主對其至為賞識，便招其為贅婿以傳承家業。

這少東，乃生於前述之白鞍村。

沒錯，正是俁藏先生所居之村落。

其母仍居於該村。

某日，突然接獲其母病篤之通報。

起初，這少東認為自己得照料繁忙店務，不宜為此返鄉。但檜屋之前店主——此時業已是個退隱的隱士，堅稱行孝較金錢買賣更是重要，籲其偕妻返鄉探視生母。

唉。

如今，少東已是堂堂店主，前店主便遣小廝兩名同行隨侍。店務則委由業已引退之前店主、與其同父異母之弟共同照料。

豈料……

一行竟未能抵達村落。

但店方對此毫不知情，以為少東夫婦已安然返鄉。

過了十日，兩人猶未歸返，亦未遣任何人前來通報。店內之大掌櫃，即前店主之弟，為此震怒不已，認為即便是為了盡孝返鄉，如此藐視店務，實令人難以容忍。

據傳，大掌櫃甚至痛斥少東終究是個山間賤民，想必是思鄉情切而拒絕歸返。

此時，白鞍村差人前來通報。

告知少東之母業已病逝。

臨終前曾等候多日，終不得見其子——

聞言，檜屋陷入一陣騷動。畢竟少東一行人早於十日前便已上路。

即便路途遙遠，也應是不出兩日便可抵達。這下，店方連忙召集村眾入山尋人。

唉。

人當然是沒找著。

是的。

因此，眾人開始謠傳，一行人或許已為山男所殺。

據傳，有人於峭壁上發現同行小廝之衣物。

任何常人，均不可能將衣物掛到峭壁上頭。況且發現衣物處並非崖下，而是聳立於道路旁的絕壁，看來絕非小廝墜落山谷時所脫落。

若非刻意攀上斷崖，絕不可能將衣物掛上該處。

沒錯，見此，眾人便推論一行人是激怒了山男，而為其所殺。

山男力大無窮，隻手便能擎起巨木。

若遭其襲擊，以常人之力，絕無可能安然脫身。

唉。

前店主為此傷痛不已。勸夫妻倆返鄉盡孝，本是出自一片美意，孰料卻因此失去了個好女婿、以及視同掌上明珠之獨生千金。

老夫抵達該地時，前店主仍為此事終日悲歎。

觀之著實教人於心不忍。

沒錯沒錯。年少時的老夫完全不知天高地厚，一聽見任何關乎妖怪之風聞，哪管當事人如何傷悲，均欲前去求其敘述事發經緯。

是的，當然與當事人會了面。

檜屋之前店主和三郎先生、與其弟義助先生，兩人都見著了。

記得這記事簿中應有記載。

總之，先是保藏先生，接下來又得以聽取檜屋老爺的陳述，同時聽到如此豐富的體驗，還真是少有的好運氣。打聽完後，老夫便決定上白鞍村一趟。

是的，當時老夫可真是愛看熱鬧呀。

誠如各位所言。

總是禁不住想湊個熱鬧。

因此，每回都還碰上危險。

老夫立刻安排了嚮導帶路。

此行有又市先生同行。

記得應是老夫邀來的。

那座絕壁果然是高聳入雲。但以山道而言，只要留神避免失足，路倒還算得上好走。

想必當時一行人絕未攀上絕壁，亦未繞道入山。

是的。

正是如此。

果然讓大夥兒給找著了。

是的。

正是打一年前便行方不明的少東之妻——即檜屋之獨生千金千代小姐。

噢，為人尋獲當時，小姐正是劍之進先生所提及的野方姑娘那副模樣。

看來活像個山女。

衣衫襤褸、不擅言語、眼神空洞茫然，看來活像是亂了心智、失了魂魄。

噢，只見小姐呆然佇立林間，起初大夥兒都沒認出那就是檜屋老爺之女。

為眾人帶路者，乃保藏先生之表弟，名曰伍作。此人率先發現小姐，立即高呼：

那不是檜屋的千代小姐麼？

眾人聞言，連忙試圖將小姐帶回白鞍村，但小姐卻逃開了。也不知是在畏懼什麼，只見其慌忙逃入山中。有人試圖追上去，但為他人所勸阻。

如此匆忙入山，恐遭不測。

此言的確不假。

就連熟悉山道的保藏先生，趕起路來依然失足墜谷，如老夫這種半弔子，當然就更不消說了。

況且，山男也不一定永遠樂於助人。

唉。

俣藏先生雖然獲救，但少東卻命喪山男之手。眾人只得先返回驛站，通報檜屋老爺。

聞訊，老爺震驚不已。

那神情，老夫至今依然清楚記得。與其說是欣喜，不如說是給嚇得呆若木雞。

這也是無可奈何。

眾人立刻決議——翌朝一早便入山尋人。老夫也獲准同行。

噢，老夫是派不上什麼用場，但據傳又市先生之紙符頗為靈驗，當時於驛站中已是頗有人望，因此眾人便邀其同行，以助一行降妖除魔。

是的。

果真是一場大騷動。

自前夜便升起篝火，亦召來數名擅武術者，場面宛如武將即將出陣。

翌日清早，眾人便出發入山。

算算一行約有三十人。

再加上接獲伍作先生通報，自白鞍村出發協助尋人的村民，入山者共約五十名。

唉。

就在搜索開始後不久。

咚，山中突然傳出一聲巨響。

是的，老夫也聽見了。

親耳聽見的，而且聽得清清楚楚。接下來，又接連傳出數聲咚咚巨響，聲聲同樣驚天動地。噢，老夫絕沒聽錯。山中偶有天狗倒或空木返（註32），但當時的聲響絕對不同。

剎時，眾人被嚇得魂飛魄散。

是的，當然駭人。在山中聽見此等巨響，較在村中要來得駭人好幾倍。想必僅有聽過的人，才能體會這究竟有多嚇人罷。

唉，但前店主已是如此傷悲。

尋人要務也不能就此打住。

此時，又市先生終於挺身為眾人鼓舞士氣。

只見其舉起一紙據稱有燒退百魔之效的陀羅尼符——

御行奉為——

鈴，先是搖了一聲鈴。

接著又昭告——此怪聲乃吉兆也，實不足畏。造此等巨響者絕非禽獸，而是山怪，想必循巨響傳來處尋索，必可尋獲店家千金——

眾人便鼓起勇氣上路。

這回，一行人循常人難行之獸道攀上絕壁。噢，孰知此道卻被踩踏得十分堅實，彷彿常有人自此走過。

眾人攀至斷崖上方。

見茂密樹林中，竟有一座洞窟。

而就在其中……

不不，當然沒立刻進去。

一行人驚見樹齡似有數百年之巨木坍倒於洞窟前，將入口牢牢阻塞。

而且並非僅只一株，而是彷彿被鐮刀給劃倒了似的好幾株彼此堆疊，看來絕非常人所為。而且，株株都是即便集數名樵夫之力，亦無法於一日內伐下之擎天巨木。

是的，稍早那巨響，想必就是這些巨木倒下的聲音。

見狀，吾等個個感到毛骨悚然。

巨木株株碩大無朋，即便集眾人之力，亦無法移除。

此時，又市先生自巨木間之縫隙朝內窺探。

驚見洞窟中竟有一牢房，千代小姐正被禁錮其中。

人果真在此處。

此外——

巨木下……

註32：兩者皆指山中突傳不明巨響，但前去觀看卻不見任何形跡之異象。古人認為其乃天狗或貍貓為捉弄人所為。

唉。

竟然壓著義助先生，以及自白鞍村前來之兩名村民——

是的，三人全給壓個正著，當場斃命。

為如此巨木所壓，就連屍骸都無法移出。

看來，義助先生與兩名前來協助尋人之自白鞍村民，似乎早眾人一步發現此洞窟，並試圖入內營救千代小姐。

孰料，卻在此時遇害。

而晚來一步的吾等，則是在又市先生的符咒庇護下逃過了此劫。

是的，看來應是如此。

【陸】

看來，的確是妖物所為——劍之進說道：

「否則要砍倒如此巨木，絕非常人所能為，不是麼？」

「想必是如此。老夫於出發前夜，曾與義助先生會過面。如今義助先生為巨木所壓，可見樹應是當天晨間坍倒的。但這些樹，一如老夫先前所言——」

「均是集數名樵夫之力亦無法伐倒的擎天巨木？」

沒錯，老人頷首說道：

「唉，三人之死狀，還真是教人不忍卒睹。」

「正馬，你曾說這東西非人，亦非獸。是不是？」

沒錯，正馬回應道：

「的確，如此聽來，這東西似乎已非早期先民、或新種猿猴所能解釋。雖不願用上妖怪這字眼，但這下也不得不承認這山男——應是某種超越人知的怪物。澀谷，你認為如何？」

原本就板著臉的惣兵衛，這下更是蹙起了眉頭：

「雖然的確不可解，但既然老隱士稍早所言並非虛構，而是事實陳述，在下也不得不承認這東西確為妖物。噢，山男，山男，便等同於山——這下，在下似乎稍能了解老隱士這句話的箇中含意。看來如此遭遇，果真是不得與他人議論。」

三人這下都一臉心服地靜默了下來。

不過。

不知何故，與次郎卻依然感到無法釋懷。

通常聽完老隱士的一番解釋，自己也會隨三人一同心悅誠服地告辭離去。但這回總感覺似乎有哪兒不大對勁。

真正原因——

乃是一白翁的神情。

老人臉上一片哀戚，說起話來，語調也較平日沉重。

彷彿欲直言不諱，卻又欲言又止，與次郎感覺老人今日的心境似乎有那麼點兒不平靜。

老人默默地闔上了記事簿。

似乎在猶豫些什麼。

小夜目不轉睛地窺探著老人的神情。與次郎也察覺小夜這視線果然有些不尋常。

「這回的案件──」

劍之進率先打破了沉默說道：

「這回野方村所發生的案件，似乎也該朝同樣的方向推察。看來野方村蒲生氏之女阿稻──想必是為此類山魔所襲，因此喪失了心智。」

甭再作這類無謂的推測了，惣兵衛接下話說道：

「或許，山的確是神之聖域，凡常人皆不宜近之。總之，既然這姑娘都平安歸返了，此事也無須再深究。咱們這位一等巡查殿下，依我之見，就這麼向那叫茂助什麼的解釋罷。」

劍之進撫弄著鬍子，正欲點頭同意。

這道理哪說得通──未料，小夜突然開口說道。

聞言，三人個個瞠目結舌，就連與次郎也不例外。

「可有哪兒──說不通？」

「當然說不通。老隱士，山巒之氣或許能作弄人，但女人家豈有可能因遇上山氣而受孕？那姑娘都帶了個娃兒回來了，況且還出了人命。」

「這是沒錯……但老隱士所陳述的事件中，不也同樣有人丟了性命？」

但這些人可不是死於刀下，小夜語帶悲戚地說道。

聞言，老人以同樣悲愴的眼神望向小夜。

「敢問那名曰山野金六先生的死者，可是讓刀刃給砍死的？」

「也不知是否該說是給砍死的——」

「還是該說，是給刺死的？」

「的確是給刺死的沒錯。但小夜小姐，妳……」

「難道死者身上的刀傷，與如小刀、短刀、或菜刀等普通刀刃所造成的傷有所不同？」

沒錯，劍之進先是猶豫了半晌，接著才回答：

「那傷怎麼看都不像是單刃刀所造成的。而是如西洋劍般雙刃之——」

那是山鉈，小夜說道。

「山鉈——？」

「乃山民所用之雙刃刀。」

「山民——指的可是山男？」

不，是常人，小夜說道：

「山男不懂得使用工具，更遑論習於攜刀。那越後的故事不也說，山男獵獲獸類後，不懂得如何剝獸皮？嚴寒之日，亦不懂得生火禦寒。雖諳人語，懂人性，或許並不盡然愚昧——但山男是絕不使用文明器物的。畢竟山男並非常人，乃等同於山。老隱士，你說是不是？」

的確是如此，老人先是望著小夜，過了半晌才如此回答：

「但雖是如此——」

「不。這樁事件，絕不宜與老隱士稍早所述的往事混為一談。看來這回的案子，是非得查個水落石出不可。畢竟都生了個娃兒——總得查出誰是娃兒的爹罷？」

小夜說道。

好罷。過了半晌，老人方才開口喊道：

「劍之進先生。」

「是。」

劍之進誠惶誠恐地回道。

「敢問，死者金六先生，對這位阿稻小姐是否頗為迷戀？」

「似乎真是為其神魂顛倒。之所以率先質疑茂助，似乎也有蓄意破壞阿稻小姐婚事之嫌。」

「金六先生之居處，是否與茂助先生之宅邸相距不遠？」

「的確是相距不遠。」

「金六先生與高尾山，是否有什麼地緣關係？」

「地緣關係——？噢，金六為藥王院之信徒，似乎曾頻繁前往高尾山參拜。敢問，這與案情可有任何關係？」

「那麼，看來是錯不了。」

老人向小夜使了個眼色。

小夜也點了個頭。

老人說道：

「那六尺巨漢的真面目——極有可能就是金六先生。」

「絕、絕無可能。山野金六的確是身軀壯碩，但絕不至於有六尺高，頂多和惣兵衛差不了多少——」

但阿稻小姐個頭可就小了，是不是？小夜問道。

「是的，蒲生家的阿稻小姐，個頭的確不大。」

「那麼，倘若個頭不大的阿稻小姐，遭一名如惣兵衛先生般身軀壯碩的巨漢給——奴家僅是打個比方——給按倒，小姐會認為自己碰上了什麼？」

在下豈可能幹這種事兒？惣兵衛滿面通紅地抗議道。

「奴家不過是舉個例。各位認為，阿稻小姐難道不會誤判，自己是教一個碩大無朋、力大無窮的東西給按倒的——？」

的確有此可能，正馬說道：

「一個個頭嬌小的姑娘讓這麼個粗暴的怪物給按倒，簡直活像是遭獅子或熊襲擊似的。」

——一個身材高大的漢子，

——一絲不掛，碩大無朋，

——渾身覆毛，

一身長應逾六尺之巨漢。

看似渾身是毛。

應能徒手將豬撕裂。

「看來這姑娘並未說謊。」

不過是未客觀陳述事實罷了。阿稻主觀認定自己似乎是看到了這麼個東西，只因——

「阿稻小姐當時必定驚駭不已，想必是恐慌到什麼都給忘得一乾二淨的程度。因此，才會以為自己當時看到了這麼個東西，並對此深信不疑。」

「且慢。老隱士，那麼，這名曰金六者究竟是——？」

「噢。雖純屬臆測，但答案應是無他。想必這金六先生，趁阿稻小姐出外打水時劫走了她。」

劫、劫走了阿稻小姐？劍之進驚聲高喊：

「金六劫走了阿稻小姐？這……」

話沒說完，劍之進旋即咳了一聲以保威嚴，並改了個嚴謹的語調說道：

「金六可是頭一個志願加入尋找阿稻的搜索，並率先入山的。還等不及天亮，就較任何人都早一步動身——」

「說來，這舉止反而奇怪不是？」

正馬解開原本端正的坐姿說道：

「說不定正是為了避免遭人懷疑，才這麼做的哩。」

「但、但是，可有任何證據？」

「沒錯，證據的確是沒有。不過，這下我倒想問了，劍之進先生，金六先生的遺骸是在哪兒被找著的？」

「應是——在高尾山麓附近。」

「他走得可真遠呀。村民們全都集中在野方一帶尋人，為何唯獨他一人到了距離如此遙遠的地方？」

「想必是因較眾人更早出發尋人——」

距離的確是太遙遠了，惣兵衛說道：

「仔細想想，這還真不是邊尋人邊走就能走到的距離。怎麼看都像是趕路直行而至的。」

「沒錯。金六先生想必是——趁夜帶出阿稻小姐，押著小姐一路趕到了高尾一帶。」

「帶出小姐——從哪兒帶出？」

「應是原本囚禁阿稻小姐之處。這下動員全村尋人，必定會搜遍村落周遭。若是人被找著，可就賠了夫人又折兵了。或許是因此，方想到將人遷往偏遠的高尾一帶，以保無虞。」

「囚禁？難道金六將阿稻小姐給關了起來？」

「或許是如此。想必金六先生曾將擄來的阿稻小姐囚禁於某距村落不遠處，或許是棟附近的小屋什麼的。這純屬老夫之推測。人都給擄來了，總不能將之藏於村內。即使藏得再好，只怕不出多久便要教人給發現。」

「的確有理。不過，要將人給囚禁，豈不是得大費周章？」

「區區一名弱女子，只消花點兒銀兩，雇用兩、三名無賴加以監視，應該就能應付了。」

「如此一說，果然有理——」

「再者，當時遭茂助先生解雇之暴民，或許尚有數人滯留村內。再怎麼說都是遭雇主放逐，其中必不乏對茂助懷恨在心者。」

「如、如此說來——原來如此，看來是迷戀阿稻之山窩成了幫兇？」

絕無可能，這下小夜開口說道：

「山民雖被視為賤民——但畢竟也和咱們同樣是人，絕無可能殘暴不仁到將自己所鍾情的女人加以囚禁、褻玩的地步。」

幫兇應是另有其人，或許是來自與山民起衝突的那幫人罷。小夜又補了這麼一句。

「或許真如小夜小姐所言，這推論的確較說得通。」

惣兵衛兩手抱胸，一臉嚴肅地說道：

「一切均是這金六因求愛未果而犯下的暴行，幫兇則為對茂助懷恨在心的傢伙——如此推論，一切就解釋得通了。」

「是的。或許這純屬老夫個人想像，但眼見眾人決議入山尋人，金六先生想必被嚇出一身冷汗。依常理，尋人者常於夜間聚集，並於翌朝動身，畢竟人於夜間難以行動。因此，金六先生便率先志願加入，並佯裝較他人更早動身——趁夜將阿稻小姐給帶了出來。」

「為何不委由監看的無賴代勞？既然人都雇來了，就吩咐他們將小姐帶走，好讓自己留在村子附近。如此安排，較不易遭人起疑不是？」

不不，老人揮手否定道：

「若是等到翌朝，衣衫襤褸之人強押個姑娘，在光天化日之下想必引人側目。若是遭人盤查，這些人想必立刻會供出自己的名字。因此為了謹慎起見，金六方才決定獨自押人。」

真是獨自押人？正馬問道。老人回答：

「從死者僅有金六先生一人推測，應是如此。噢，之所以選擇高尾，除了熟悉路徑、距離村落遙遠外，或許可藉口參拜藥王院頻繁往來，亦是考量之一——」

若未入山，便不至於發生這樁慘禍了，一白翁語帶悲戚地感嘆道。

「山中——可有什麼東西？」

劍之進問道。

山中——有山民，小夜說道：

「矢作大人稱之為山窩者——這兩個字其實是個蔑稱。此類人流連曠野、睡臥橋下，不為土地國政所縛者自古便有，今亦如是。亦有人喚彼等作轉場者、世間師、間師、或間太。某些地方則以鰲助稱之。總之，名稱可謂形形色色——」

「鰲助、間師——？」

這正是阿稻當時語無倫次地脫口說出的字眼。劍之進轉頭望向與次郎。

只見與次郎兩眼圓睜。

「如此說來——」

「陪同阿稻小姐生活了一段時日的，原來是世間師呀。」

「難、難道是平左？」

劍之進握緊了拳頭說道：

「身為山窩——不，世間師平左遭茂助解雇後，宣稱將返回山中便告離去。這山，或許就是高尾山。如此看來——」

眼見劍之進沉默了下來，小夜把話給接了下去：

「有此一說，世間師乃傀儡師之後裔——」

且終生不下山，小夜說道。

「雖偶有人落戶定居，但定居一地者似乎極為罕見。平日四處漂泊，以製箕或捕獵魚龜販售營生——不屬任何一藩、任何一村，亦不受長吏頭或非人頭管轄，此類山民完全被排除於士農工商之外，就此點而言，看似與其他賤民無異，但亦與幕府毫無關係，且不為土地所束縛，其實較其他賤民更無身分。世間師如賭徒般無主從之分，彼此以僅同族者通曉之暗語溝通，且謹守山民之鐵則度日。」

「山民之鐵則——？」

「即山中生活所需遵從之規矩。由於世間師無主從之分，因四處為家而無地盤可據，故彼此間之信義便相形重要。」

有理，正馬說道。

「一如奴家先前所述，彼等習於佩戴名曰山鉈之兩刃刀。一說此刀乃仿天叢雲劍而製，但無從確認此說真偽。除此之外，亦有自在鉤等獨特工具。」

「亦即——兇器即為此刀？如此看來……」

「還真教人遺憾。看來殺害金六先生之兇手，正是這位平左。」

小夜說道。

「小夜。」

老人短促地喊了一聲制止道。

「不，老隱士，此案經緯就是這麼回事兒。昔日的世間師——如今亦已是平民。既然犯了罪，理應受到制裁。遵照山民鐵則便可營生的時代已成過去，如今——」

山已不復存在，小夜說道。

沒錯，老人一臉悲戚地低聲說道。

「山已不復存在？」

「是的。」

不過——惣兵衛問道：

「這叫平左的為何要將金六給殺了？難道僅為爭風吃醋，山民就要下此毒手？未免也太小題大作了罷？」

想必是親眼目擊了金六先生的犯行罷？老人說道：

「依老夫推測，金六先生讓阿稻昏厥後，便將之裝入袋中，或以其他手段悄悄將之搬運至他處，抑或秘密將之監禁。或許當時，阿稻小姐之心智便已陷入錯亂。將人帶入山後，金六先生方才開始盤算這下該如何是好，畢竟事前未曾作過任何籌劃。」

「想必是如此。」

惣兵衛蹙眉說道：

「看來是給逼上梁山了。」

「總之，或許此時才想出了什麼計策。但發現自己置身山中——阿稻小姐想必曾驚呼求援。

此時……」

「就讓平左給看見了？」

「平左先生對阿稻小姐素有好感，眼見情況如此——當然要出手相救。」

當然得出手相救，惣兵衛忿忿不平地說道：

「原來是這麼回事兒呀。眼見如此卑劣行徑，堂堂男子漢豈能放任不管？」

「但萬萬不可殺人。」

小夜說道。

聞言，惣兵衛也乖乖閉上了嘴。

「不論在什麼時代，平左先生均不應下手殺人，何況明治律法已明定即便有仇，亦不得取人性命。哪管是山民還是鄉民，如今已無高低貴賤之分，亦應同受法律管轄。既然如此——哪管有任何理由，殺人均是應受制裁之重罪。」

小夜所言有理，老人說道：

「劍之進先生，世間師——即先生稱之為山窩者，如今仍廣為人所誤解，想必往後也將是如此，但今後的確不應再有此類歧見。只因其曾為賤民，便認為其窮凶惡極，只因其缺乏身分，便斷定其罪孽深重，此類歧見，實屬愚昧。絕不可論斷凡為山窩者，均是為非作歹之徒。但為平等起見，凡人只要犯了罪，便得受法律制裁。哪管曾貴為大名者，或慈悲為懷之出家法師，只要是殺了人，便得依法治罪，賤民亦應循此道理。遺憾的是——看來這位平左先生，的確曾為救助阿稻小姐而殺了人。」

老人語帶惋惜地說道。

「但、但是，老隱士，如此說來，阿稻帶回的娃兒，不就是平左的——？」

「不。依老夫之見，娃兒應是金六先生之子。各位想想，平左先生為救出小姐已不惜殺人，豈有對其凌辱之理？即便其對小姐心儀已久，兩人也未曾有過任何往來，阿稻小姐就連平左先生的長相也不認得。即便再如何喜歡，似乎也不宜有所表示。平左先生乃一明理君子，即便遭解雇，歸返山間前亦無任何抱怨或不平，豈可能狠心對身心俱傷之意中人下此毒手？」

「意即，當時阿稻已是有孕在身？」

「或許——正是由於發現小姐已有身孕，平左先生方決定不將阿稻小姐送回茂助先生家門。雖僅止於推測，但老夫認為，阿稻當時想必已是神智混亂。」

「因此，平左先生方加以照護，並助其產子育兒——？」

在山中，山民凡事都辦得來，小夜說道。不過，這已是往昔的事兒了，稍後又補上這麼一句。

「接下來，就看劍之進先生如何裁量了。」

老人說完，便略帶悲戚地低頭望向腿上的記事簿。

【柒】

三日後，笹村與次郎獨自前來造訪一白翁，即山岡百介。數日來，百介似乎頗為煩心，對是否面見這突如其來的訪客，似乎也稍有躊躇。

百介叫住前來通報的小夜，吐露了自己的困擾。

聞言，小夜瞇起一對細長鳳眼笑道：

「百介老爺還在苦惱麼？」

「苦惱？老夫可沒有……」

那小股潛果真厲害，小夜說道：

「該怎麼說呢。奴家不過是好奇——值此明治治世，倘若又市先生依然安在，碰上野方這樁案子——不知將如何處置？」

絕不傷及無辜，給予悲傷者慰藉，給予忿怒者平靜，雖顧彼必將失此，顧此又將失彼，雙方不可兼顧乃世間常情，但這小股潛總能求個彼此兩全。

遇上此事，又市將羅織什麼樣的謊？將布置什麼樣的局？

又將如何收拾局面？

一個是為人劫擄、遭淫成孕、因此喪失心智的姑娘。一個是毫不知情、滿心期待與愛女重逢的老父。一個是不惜殺人以營救心儀對象、並助其產子育兒的漂泊浪民——

既得服膺天道倫常，亦得促成眾人和解——又市若奉託處理此事，不知將做何安排？

百介絞盡腦汁，還真是得不到一個答案。

「老夫既未苦惱，亦無心仿效那小股潛布什麼局。不過是再次憶起又市先生罷了。」

「換成又市先生，想必也將如此處置罷？」

畢竟時代不同了，小夜嫣然笑道。面對這教人看不出年紀的姑娘，百介不由得別過頭去。

小夜的笑容，正是如此教人難以招架。
「時代——不同了？」
「百介先生想必也清楚，妖怪乃依附鄉土、時代而生。只消換個場所與時世，便毫無用武之地。御行又市既是個馭妖之人，值此時世，想必也將以相應之道處置。」
小夜說道。
如此說來。
——山男又該作何解釋？
「與次郎先生想必是來徵詢些意見的。老爺若是一臉愁容，可就有失體面哩。」
那麼，奴家這就請先生進來，小夜語調快活地說道，接著便步出了小屋。
緊接著，一臉無精打采的笹村與次郎便垂頭喪氣地走了進來。只見其神情要比百介更為苦悶，彷彿進門前曾碰了什麼釘子。
首先，有件事兒得先向老隱士報告，與次郎彬彬有禮地低頭致意，接著便開口說道：
「數日前，吾等曾就山男一案前來叨擾。幸有一等巡查矢作劍之進之英斷，該案已獲得完滿解決。」
「業已——完滿解決？」
「是的，大致上堪稱完滿。」
究竟是如何結案的？
百介興味津津地洗耳聆聽。

「是的。首先，為避免村民知情，劍之進秘密地調查了死者山野金六之背景。」

「噢。」

「曾留洋的正馬一向堅稱，任何推論均需確切佐證，實際上確是如此。畢竟巡查之職務並非捕人，而是搜查——倒是，據說東京警視廳將於年內撤廢，由內務省新設之警視局取而代之。故此，往後辦案需採更為進步之近代化方針——」

「原來如此。」

聞言，百介由衷佩服。

「不過，即便這推論的確不假，事發至今畢竟已過了三年，不知是否仍有證據殘存？」

「人能移動，但物可不能。少了主人之屋宇或器物，哪管經過多少歲月，仍將殘留原處。經過一番搜查，劍之進終於找著了疑似曾監禁阿稻小姐之小屋。」

「竟然找著了這種東西？」

「距野方村約半里之林中有一空屋。說是空屋，其實是棟破舊傾頹的老屋子。有人證言，昔日金六曾於屋內聚集周遭之乞食博奕。入屋後，見其內有草蓆、繩子、以及襤褸被褥。此外，亦發現疑似阿稻小姐出外汲水時所用的桶子、以及為阿稻小姐所有之髮梳。」

「髮梳？」

「事後向茂助先生出示此髮梳，證明其確為阿稻小姐失蹤當時插於髮上之物。此髮梳乃阿稻小姐之祖母、即茂助先生之母的遺物，故絕無可能認錯。此外……」

還有其他證物？百介問道。

「是的。上述證據頂多僅能證明阿稻小姐曾於該處遭人監禁，畢竟不夠充分。」

有理。

光憑這些，尚不足以證明金六確有涉案。

「因此，劍之進又自野方行至高尾，一路細心蒐證。雖聽得些許消息，但皆非決定性證詞。不過，行至高尾山麓時，終於獲得了不動如山之鐵證。」

「敢問這鐵證是——？」

「即於高尾山麓某不顯眼處一座炭窯覓得之證人一名。該製炭伕清楚記得，當天天色未明，金六曾領著一名模樣怪異的姑娘前來。金六似乎不識這名製炭伕，但製炭伕曾旅居野方，對金六的背景頗為熟悉。金六謊稱自己來自江戶，今女伴身體欠安，望能暫時寄宿一陣。」

「這——」

「製炭者見其中似有蹊蹺，便回絕了金六的要求。據說當時怎麼看，那姑娘的眼神都甚為古怪。果然如老隱士所推測，阿稻小姐已完全喪失心智。不僅無法言語，就連動也不大動。大概正是因為如此，金六才被迫起了將之委由陌生人照料的傻念頭。遭拒後，金六便朝深山而去。這座炭窯距金六遺體發現處近在咫尺。」

原來調查果真有效。

百介不禁由衷佩服。

「至於金六究竟是死於何人之手，至今仍未能判明，但金六是否涉案，已幾可說是罪證確鑿。接下來——」

就是妖怪巡查矢作劍之進的大活躍了，與次郎說道：

「蒐得足夠罪證後，劍之進召來全體村民，以強硬語氣宣布：維新至今已近十載，尚有人對山男之說信以為真，著實可笑——我國業已文明開化，若有人膽敢散播此類言論，本官將視其為刻意蠱惑人心之不法之徒，即刻將之逮捕投獄。」

「此言未免也過於偏激——村民不是要求其驅除山男，或將之逮捕？」

「眾人對此毫無異議。」

「毫無異議？」

「是的，畢竟僅有少數村民相信山男的確存在。」

「僅少數相信？」

「是的，多為半信半疑。不，應說是無任何人相信較為妥當。」

「是麼？但……」

「事實上，村民不過是期待有人做些什麼罷了。什麼人都好，只要能清楚地說些什麼便成。聽見巡查大人如此訓斥，村民們便溫順了起來。噢，這溫順絕非懾於威壓，而是出於安心。」

或許——真是如此。

這與又市當年的做法。

還真是大同小異。

「如此安撫村民後，劍之進便秘密召來茂助先生與為吉先生——此人乃金六先生之父，並向兩人告知真相。兩人起初又是憤怒又是啜泣，但最後終於達成和解。劍之進如此解釋：既然千金

已平安歸返，茂助先生應感欣慰。而為吉先生亦應以其子之行狀為恥，並為真相不為外人所知而感激——此外，尚奉勸兩人仔細端詳阿稻小姐帶回的娃兒，畢竟對兩人而言，這娃兒不都是自個兒家的長孫？」

原來如此。

果真是個絕妙安排。

「此外，劍之進又表示，金六所為乃極惡非道，實難縱容，然其既已遭天譴奪命，即便將其罪衍公諸於世，亦是無人可罰。不難想像此事若為外人所知，僅是徒增茂助父女之苦，對娃兒的將來亦極為不利。稚兒本無知，其父所犯之罪，絕不應殃及與太。故此，本官決意不再過問金六之罪——不過，無論理由為何，殺害金六者畢竟犯了殺人大罪。本官將視金六之死為別案，以徹底調查、逮捕兇手為第一要務——」

「說得果真得體。」

小夜為兩人送茶來了。

與次郎的陳述教百介聽得入神，完全沒注意有人拉開拉門進房。

「如此安排——雙方可能接受？」

見小夜為自己送上茶來，與次郎誠惶誠恐地致謝。

「聞言，茂助先生與為吉先生便握手言和，表示自己將視彼此為親戚，茂助並將與太納為養子，此事便就此完滿解決。唉，最可憐的莫過於阿稻小姐。小姐之心智隨靜養日漸回復，也開始憶起諸多往事。不難想見——」

全面憶起此事真相時，將會有多辛苦，與次郎說道。

「但值此現代，凡人均應學會克服此類障礙才是。」

「沒錯——」

百介啜飲著熱茶，望向小夜說道：

「事實真相，果然不出小夜所料。」

看來已無須憂心。

唉，如今已是汝等的時代了，百介說道。

但與次郎似乎沒聽出這句話的含意，僅是交互望著百介與小夜致謝道：

「若非承蒙老隱士與小夜小姐指點迷津，此案還真不知該如何解決。」

「何以——不知該如何解決？」

「若應村眾要求入山獵捕山男，註定不會有任何成果，亦不可單純斥之為迷信而不予經辦。況且，倘若教眾人產生棲息山中、新獲得身分之平民乃危險暴民之曲解，對山民展開迫害，可就事態嚴重了。」

「這萬萬不可。」

小夜毅然決然地說道。

「當然是萬萬不可。總之，這還得承蒙小夜小姐向咱們的巡查大人諫言——雖然放眼所見，一切皆已物換星移，事實上直至今日，社稷依然難脫前幕府時代之諸多舊習。不過，劍之進亦曾坦承，欲逮捕世間師平左恐非易事。畢竟對吾等而言——山仍為難以踏足之禁地。」

的確是如此，百介心想。

百介常感在這國家，山業已褪去神祕面紗。似乎除了較平地為高之地勢以外，山已不再有任何意義。

今後，倘若有任何人認為山依然神祕——或許不過是此人的願望或幻想。而願望、幻想除了隱蔽現實之外，並無其他效用。

往後，山將僅是個現實的逃避處。百介如此預測，也為此感到失落。失去原有的神祕後，山將僅是平凡的大自然，到了最後，就連這點僅存的意義也終將流失。

老隱士，與次郎一聲喚醒了百介。

百介緩緩抬起頭來。

「實不相瞞——對此案經過一番思索後，在下發現了幾件事兒。不知是否可就這些發現，向老隱士請益兩三事？若有冒犯，還請老隱士多多包涵。」

與次郎突然彬彬有禮地如此問道。

「發現了些——什麼事兒？」

「噢，在下並無分毫質問老隱士之意。倘若老隱士認為不便回應，便僅需聆聽，無須作答。」

笹村大爺為何如此多禮了起來？小夜笑著問道。

「噢，不過是擔心這些問題，或許要挑起老隱士的怒氣。」

屋內雖冷，但與次郎竟是滿頭大汗。

這點還請切勿掛心，百介說道：

「就連老夫自己，也無法想像自己會動怒。」

「好的。」

與次郎自懷中掏出手巾，拭去了額頭上的汗水。

「在下欲徵詢的——乃是關於那遠州奇案之二三事。」

「遠州一案？並非今回的案子？」

「是的。接下來將陳述的，不過是在下自身的想像，還請老隱士切勿為此動怒。在下推測，殺害檜屋少東與小廝，並監禁其千金的兇手——是否並非山男，而是前店主的同父異母弟弟義助先生？」

「噢——」

聞言，百介大吃一驚。但還沒能回上一句，與次郎便繼續詢問道：

「此外，應是有人刻意伐倒巨木，將義助先生一夥人一網打盡，不，殺戮殆盡。看來，應是有人計畫尋仇，意圖置義助先生一行人於死地。」

「噢，這——」

先生據何作此推論？百介暫不作答，而先如此詢問。

「是的。根據老隱士所述，眾人甫動身入山，旋即聽見巨木倒塌之轟然巨響。過後，便不再有人聽見任何巨響。如此擎天巨木，絕不可能無聲倒塌。入山者乃朝巨木倒塌方向前進，應無愈是接近卻不復聽聞任何聲響之理。依此推測，眾人所聽見的，應是洞口處之巨木倒塌時的聲響。至於義助先生一行人悉數為巨木所壓，代表其於眾人入山時便已早一步抵達該處。意即，此人必

是較任何人都早動身，且不循蜿蜒山道，直朝洞窟而行。如此推測，是否有理？」

「這——的確有理。」

「若是於天明時動身尚能解釋，若是於黎明前，未免不大自然。雖然亦有可能於摸黑前行中偶然抵達該處，但事發地點並無路可通，且為巨木所壓者亦不只義助先生一人，尚有自白鞍村出發之兩名男丁。」

「的確是如此。」

「這一切未免過於巧合。義助先生與兩名男丁自不同地點出發，行經路徑亦是截然不同，雙方竟會同時抵達該處，彷彿——事前便曾相約於該地會合。不過，當年不似今日有電報可用，亦無其他連絡手段，雙方欲相約於一地會合，應是困難至極。如此一來，答案僅有一個。」

「敢問這答案是？」

「兩名白鞍村民原本便在洞窟前，義助先生則是火速趕往該處。待義助先生一抵達——巨木便於同時倒塌。」

「若是如此——巨木又是何人伐倒的？」

「當然是有人於事前便於該處埋伏。況且，又市先生又知該洞窟位在何處。故在下推測，依常理，即便聽聞震天巨響，常人亦不至於聯想遭神隱之姑娘必是置身巨響傳出之處。當時因有又市先生引導，眾人方才深信不疑地趕往該處。」

「意即，又市先生事前便已知情？」

「在下的確認為其早已知情。況且，再加上有千代小姐於前日突然現身一事，在下推論這應是個規模龐大的局。千代小姐本已失蹤多時，竟於當時突然現身，或許是因小姐得以假某種手段自囚身之處脫身，抑或許是遇上素不相識之御行或旅人而驚懼逃離。不過，當時既然成功逃脫，若是逕行返回故里，抑或徘徊山野之間，或許還不難理解，但小姐竟是返回原本遭囚之洞窟。這難道不奇怪？」

「原來如此——」

彷彿是水壩潰堤，與次郎心中似乎累積了千言萬語。百介尚在摸索該如何把話說完，與次郎便迫不亟待地繼續說道：

「雖無法確定俣藏先生為山男所救一事是否屬實，但依此看來，檜屋一家所遭逢的悲劇，應是義助先生認定自身家產為小廝出身之贅婿所奪，為爭回店家經營權而策劃的陰謀。至於因山男之說而起的騷動，則為那位小股潛為反制此一陰謀，而精心策劃的復仇之舉。」

「若是如此，巨木又是何人伐倒的？」

應是小右衛門先生罷，與次郎回答：

「巨木是如何倒的，在下無從判斷。但老隱士曾提及自抵達遠州後，小右衛門先生便常時於山中伐木。雖然老隱士試圖避免詳細描述此人之所為，但昔日曾提及其乃一技藝高超之傀儡師，亦是執江戶黑暗世界牛耳之不法之徒，原本似為武士，亦似為樵夫。因此在下推斷，先是小右衛門先生於山中洞窟尋獲遭囚的千代小姐，因此接受了小姐的請託。」

「什麼樣的請託？」

「即——為夫婿及隨行小廝復仇。」

不。

還不僅止於此。

義助甚至試圖殺害業已引退之前店主——即其同父異母的哥哥。同時還盤算待收拾掉哥哥後，再佯裝找到了千代小姐，並將之迎回故里。

對千代這姪女，義助本就心懷邪念。因此方決意留其活口，將之囚禁，不僅凌辱其軀，甚至持續威脅若欲保命，便得聽其命行事。若不對外說出真相，佯裝自己曾為山男所擄，便保證將供其依原本之身分度日。

真是個手段卑鄙的交易。

所謂依原本之身分度日，實乃暗指成為義助之禁臠。當然，兩人表面上無法結為連理，但仍可以少東遺寡與店務監護人之名目，掩人耳目繼續私通。若膽敢拒絕——便得終生遭囚於此一深山洞窟，供義助凌辱褻玩。

真相的確不得張揚。

若為外人所知，不僅店家商譽將因此受損，為叔父所欺之千代亦將終生為此蒙羞。

故此，對外求助以圖將義助繩之以法，實質上是百害而無一利。

這下——唯有設局取勝，方為可行之道。

之所以安排讓千代一度逃出洞窟，一方面是為了慫恿村民入山，另一方面則是為了誘出義助的幫兇。又市推測義助必有同夥相助，且這些幫手應是來自白鞍村。

每日均有人為千代送上一次飯菜。送飯者是兩名千代從未見過的男子，從行頭打扮看來，看

似是在山中討生活。依地緣判斷，自白鞍村出發便是最適合送飯菜到洞窟的路徑。

因此，又市便委託白鞍村民中最值得信賴者——即俣藏之表兄弟伍作——扮演千代之目擊者。歸返後，又安排伍作於村中放點兒風聲。村中若有義助之幫兇，聽聞風聲必會前去察看牢籠是否遭損毀。

又市的計策索然奏效。

就連義助都給誘了出來。

接下來——

便使用了火藥，百介坦承道。

小夜驚訝地望向百介。

「百介老爺——」

火藥——？與次郎反問道。

「小右衛門先生乃一操弄火藥之高手。小右衛門先生的故鄉——即北林城山那座比城還大的巨岩——」

便是小右衛門先生給轟塌的，百介說道。

「這——」

「既然連一座山都能夷平，伐倒五六株巨木當然是輕而易舉。」

「原、原來老隱士從頭到尾均知情——」

「與次郎先生欲詢問的，應是老夫是否曾擔任這樁殺人案之幫兇。是不是？」

不不，這……與次郎頓時啞口無言。

「先生無須如此驚慌。唉，在如今這時代，這當然是犯罪——不不，即便在當時，殺人亦是應懲之罪。又市先生雖未親自下手，但畢竟是前科累累的不法之徒，小右衛門先生之手早已數度沾染血腥——」

至於老夫，當然應以同罪論處，百介說道。

「同罪論處——？這……」

老隱士言重了，與次郎頹喪地垂下頭來說道。

無須在意，本是如此，百介說道：

「倒是——先生是如何理出這推論的？」

「不過是將妖怪自事件中剔除。」

「剔除？」

「是的。野方一案只消將山男自案情中剔除，便不難理出真相。在下便思及若是如此，遠州一案似乎也可依法泡製。若無山男之說，遠州一案絕無可能成立。不過，在下突然質疑，這會不會僅是齣精心設計的騙局，便朝此方向推論——」

「噢噢。」

百介數度頷首稱許。

的確，果真是如此。

「沒錯。若是將山男自全案經緯中剔除——剩下的就不過是常人之犯罪。尋仇——實乃假替

天行道之名進行的殺戮罪行。不不，只要是殺了人，哪怕有再正當的大義名分，也是站不住腳。哪管是為了何種理由，凡人均無權奪取他人性命。老夫認為，即便為了祖國正義，亦不該行任何殺戮。」

此乃是世人應遵循之道。

「小夜，果真如妳所說哩。」

百介說道。

換成又市先生，想必也將如此處置。

值此時世，想必也將以相應之道處置。

奴家可說過些什麼？小夜刻意裝傻道。

「哪管是為了什麼理由，殺人均是應懲之罪。觸犯此罪，便應裁之以法。此乃世間之常規。」

堂堂正正必遇阻礙，違背倫常則愈陷愈深，

故取旁門左道悄然度之，

以巧計道破如夢浮世，參透塵世人間，

一切孽障隨之消解，獨留怪異巷說傳世——

鈴。

一聲鈴響在百介腦海中響起。

這鈴聲是如此微弱，聽來教人感覺如夢似幻。

「年輕人——果真令人欽羨呀。」

百介由衷如此認為。

從今起，就是與次郎與小夜這等人的時代了。

百介望相窗外。只見冷冽天際一片雪白。

「凡人均要不斷成長，國家與文化也應是如此。因此，當世絕對要較任何時代都來得美好。只可惜——」

妖怪已不再有半點用處了。百介喃喃說道。

「妖怪已不再有半點用處？」

「沒錯，的確如惣兵衛或正馬先生所言，妖怪業已過時，不再有任何用處。」

只是……

這想法還是教百介略感一絲失落。

絕無此事。未料，與次郎卻如此說道。

也不知此言究竟是何意，但為了掩飾心中寂寥，百介復開口說道：

「不過——老夫至今依然堅信，俣藏先生曾遇嗜酒山男一事的確屬實。」

聞言，小夜笑道：

百介老爺，那事兒當然是真的。

五位光

此鷺官拜五位（註1）
故得此名
逢夜便放光明
使其周遭光亮如晝

——繪本百物語／桃山人夜話卷第肆・第貳拾捌

【壹】

往昔。

帝曾行幸至神泉苑。

突然間，

驚見池邊有一人影。

回神後，帝定睛凝視。

細看半晌，方察覺此影非人。

而是一龐然青鷺。

帝遂命一官拜六位者捕之。

接獲敕令，此官拜六位者立即著手捕鷺，但甚難捕得。

無論悄然逼近或作勢威嚇，此鷺均能敏捷逃脫。

帝既已下此敕令，即便無法捕得，此官拜六位者依然竭力嘗試，絲毫不敢懈怠。

但不論以何法誘捕，此鷺均能矯健脫逃。

官拜六位者只得向此鷺宣告：

註1：古日本律令制時代之官僚位階，官員依位階仕相應之官銜，亦可依功勞晉昇。

吾人乃奉帝命行事。

吾帝既已降令，汝應遵令受擒。

聞言。

此鷺立刻靜止不動。

並宛如自投羅網般自行走近官拜六位者，溫順就擒。

捕獲此鷺後，官拜六位者將之獻帝。

驚訝之餘，帝大為感動。

此鷺雖不願遵從官拜六位者之命，卻願服從帝命，令帝深感其雖為禽獸，但必是地位崇高。

故此，帝即宣布——

朕將賜此鷺五位之官。

此鷺就此得五位鷺之名。

五位乃獲准昇殿之位階，有此官位者，可入清涼殿（註2）與殿上間（註3）。

不過，雖說此五位鷺可於暗夜泛光，但絕非鬼氣逼人之妖光。

而是彰顯其崇高身分之威光。

此光絕非怪異魔性之火，

而是至為尊貴之光。

【貳】

松杉茂林中，偶見大小與蹴鞠相若之火或昇或降，但觸民宅亦不曾引火釀災。有人云其乃泊於樹梢之蒼鷺，每逢其羽隨風飄逸，便發出如火焰之明光，濱海人家多謂此為鷺火。

然而，於暗夜中逆撫貓毛，毛之末端亦可因摩擦而起火光，由此可見，羽、毛遇風飄逸即能發光，若非於暗夜便不得見——

此乃《裏見寒話》中之一節，笹村與次郎說道。此書是什麼人寫的？聞言，近日新設後，易名為東京警視局本署之名巡查矢作劍之進問道。

「著者名曰來椒堂仙鼠。」

「怎沒聽過這個名兒？是個俳人麼？」

「噢，這我也不清楚，但此人似乎曾任甲府城勤番（註4），本名為野田市右衛門成方。」

甲府城勤番？劍之進撫弄著鬍子說道：

「似乎有點兒微妙。」

哪兒微妙了？與次郎問道。

「劍之進，你難道不認為有點兒奇怪？」

註2：京都御所內殿舍之一，自平安時代中期起成為天皇之御殿，在此處理日常政務。

註3：位於清涼殿南側，為朝廷官員等候天皇接見之處，簡稱殿上。可進入此處之官員稱為殿上人，須官拜三位以上，並有天皇之特別許可。

註4：江戶時代官銜。屬老中管轄，負責甲府城之警備工作。

「有哪兒奇怪？不過是這官銜聽來似乎是既不低，也不高罷了。」

「不過，甲府藩代代均為親藩（註5），廢藩後甲府國被納為天領，即幕府之直轄地。這甲府勤番支配，應是老中直屬之下屬，遠國奉行（註6）之首罷？」

那是勤番支配（註7）罷？劍之進說道：

「不知這位野田究竟是不是支配？這甲府勤番，其實和負責警護府內之棒突（註8）沒多大差別，反正都不過是小普請組（註9），稱不上要職。或許僅和與力或同心差不多罷。」

「與力至少也比你這巡查大人要來得高罷。在前幕府時代，你也不過是個同心。該不會連這都不記得了罷？」

如今，劍之進雖是個蓄鬍提劍的英挺巡查，但維新前也不過是個黑紋白衣、配刀而無須著流（註10）的見習同心罷了。

這與我的出身有什麼關係？劍之進說道：

「這下談的，是此人所言究竟值不值得採信。」

「憑身分官銜來度量人之信用？這可一點兒也不像咱們劍之進的作風哪。難道官位大了，人就會成這副德行？」

並非如此，劍之進一臉不服，解開原本端正的坐姿說道：

「絕非如此，但——還真不知該如何解釋。」

「這就別在意了。倒是，若是如此——」

稍早提及的《耳囊》，你認為又是如何？與次郎問道：

「著此書之根岸鎮衛，可是曾任佐渡奉行與南町奉行等要職之重臣。同時還是個旗本，論出身、論家世，均是無可挑剔。」

不，也不是挑剔的問題。劍之進雙手抱胸喃喃自語，一副心神不寧的神情。

「不過是個旗本罷了，論俸祿，旗本也不過千石罷？」

「不過是個旗本？別忘了你這同心僅有三十俵二人扶持（註11），和旗本根本無法相提並論不是？」

「所以我不是說了，拿我來比較根本毫無意義？倒是，那《耳囊》的內容，怎麼聽都像是虛構。再說一遍來聽聽罷。」

聞言，與次郎便開始朗讀起《耳囊》。

文化二年秋。一四谷居民於夜間趕路，見一身著白衣者行於前。仔細端詳，其自腰下均不得見。此時，此幽魂轉頭後望，只見似有一巨目泛光。此人撲前殺之，件其實為一龐大之五位鷺，

註5：江戶時代大名家格之一，指德川家康以外之德川氏子弟擔任大名的藩。
註6：江戶時代官銜。配屬於江戶以外的幕府直轄之天領，負責掌管當地政務之奉行。
註7：江戶時代官銜。配屬於甲府，負責統轄甲府勤番，並執掌府中之一切政務。
註8：手執六尺棒，負責於神社寺廟或番所等地擔任警備的警衛人員。
註9：江戶幕府直臣團組織之一。由祿高三千石以下的旗本、御家人中之無役者組成，受小普請支配管轄。
註10：指不須著羽織、袴之男性簡裝。
註11：扶持為主君給予臣下之俸祿。一人扶持為一年收受米一石八斗，等於五俵，三十俵二人扶持合計為四十俵。一俵相當於現今的六十公斤。

遂肩負歸返，招來友人烹煮食之。捕幽魂而食，純為一無稽巷說——
「此乃『卷七之捕幽魂烹煮食之』。」
這標題，劍之進一臉不以為然地說道：
「聽來活像個相聲故事哩。」
「這哪是相聲故事？文末還嚴謹地評註其純為一無稽巷說哩。鎮衛殿下眼見捕幽靈而食之說如此荒誕卻廣為流傳，故為文記述其顛末，哪是在說相聲？」
「這我理解。」
無法理解的，是你這傢伙的態度。原本默不吭聲的惣兵衛，以彷彿蛤蟆被大八車（註12）給軋死似的嗓音說道。
只見他一臉猶如百年前的山賊般的神情，看起來著實嚇人。
「一下是鷺，一下是眼睛放光什麼的，你成天挑這些東西來裝神弄鬼，總是聽得咱們一頭霧水。」
惣兵衛所言的確有理。
被譽為妖怪巡查的劍之進，每逢碰上不可解的怪異案件，便要召來友人徵詢意見。但至今也靠這夥友人，接二連三解決了兩國火球事件、池袋村蛇塚事件、以及野方村山男事件等不可思議的奇案，並因此威名遠播。
不過。
這妖怪巡查召來眾人時，契機總是如此曖昧。開頭多半絕口不提這回究竟碰上了什麼樣的案件、或到底有哪兒費人疑猜。

劍之進每回所提的問，都是同樣荒誕無稽。諸如鬼火是否能引火？蛇能活多少年？或山男究竟是人是獸？大致上都是些神鬼玄學。雖然到頭來，都能發現這些問題背後都不過是合理案情，但大抵都是以這類怪談起的頭。

這回的問題——

則是青鷺這種鳥，究竟會不會發光。

有無聽說這鳥會幻化成人。

信州一帶是否有此類傳說。

這些問題——悉數是如此令人狐疑，卻又完全不得要領。

大致上，惣兵衛說道：

「關於怪火，上回碰上那椿火球事件時，咱們不是已討論了良久？當時正馬那假洋鬼子還曾說了一番大道理。噢，當時他曾說了些什麼來著……？」

你指的可是電氣？與次郎為他解圍道。

「沒錯，世上就是有這種叫做電什麼的東西。稍早與次郎所朗讀的那篇甲府勤番什麼的所撰的記述上不也提及了？逆撫貓毛便能見光，可見羽毛一類的東西，原本就是會發光的。」

是麼？劍之進語帶質疑地應道。

註12：人拉的大型載貨車輛，自江戶前期起於關東地方廣為人所使用。

「你這蠢官差還在懷疑些什麼？《耳囊》中那篇記述不也提到了同樣的事兒？」

兩者不甚相同罷？這位巡查大人說道：

「《耳囊》中可是有幽靈的。」

你這蠢貨！惣兵衛怒斥道。或許他無意動怒，但這武士末裔的嗓門兒就是這麼大。

「喂，劍之進，看來與次郎朗讀那篇記述時，你是根本沒聽清楚。裡頭僅提及某人逮住這東西煮來吃，有哪兒提到有幽靈出現了？」

「但那隻鷺……」

「可沒說牠化成了幽靈呀。看來你是不知道，鷺其實有形形色色，其中有些大得驚人。再者，名為青鷺者，其實也非真的是青色。夜道昏暗，如今雖有瓦斯燈可照明，但你應也知道，文化二年的四谷不比今日的銀座，入夜後鐵定是一片黑暗。」

用不著你說，這我當然知道，劍之進說道，但話裡不帶一絲霸氣。通常碰上這種情況，劍之進說起話來彷彿要與人吵架似的，這回卻毫無這等氣魄。

「若如先前所言，鷺真能發光，夜裡看來應為白光，否則哪可能教人瞧見？總之，在伸手不見五指的夜道上，看來想必活像個碩大的白色物體。」

「記述中不是提及，那東西有一目泛光？」

「那眼肯定要比軀體更為光亮。好罷，倘若真有幽靈，為何僅有一隻眼？」

「這……」

難不成你要說，這東西就是名曰一目小僧的妖怪？惣兵衛語帶揶揄地說道：

「那不過是婦孺讀物中的幻想圖畫罷了，哪可能真有這種東西？瞧你還真是蠢得可笑呀，都要教人笑掉大牙了。」

惣兵衛放聲大笑道。

「是哪兒可笑了？」

「噢，瞧你這般愚蠢，難道還不可笑？與次郎也解釋過了，作者曾表明那則故事不過是則巷說傳聞。試問，有誰比聽完後還把那事兒當真的你要來得滑稽？」

「誰把那事兒當真了？我不是說這聽來活像個相聲故事，不值採信？」

「就是說呀。作者原本便僅打算說個相聲。為何你就是沒聽懂？」

「誰說我不懂了？」

「那就該相信這位作者。你不是懷疑這作者的出身麼？此人曾任奉行，可是位聰明的賢者，就連巷說也能寫得妙趣橫生。文化二年的江戶，上至奉行大人，下至愛說常論短的百姓，都沒一個相信鬼怪或幽靈這類的傳聞。總之，狐火燒盡見枯芒（註13），作者不過是在揶揄有人把這東西煮來吃，還真是件了不起的大事兒呀。」

「你是不信？」

「當然不信。這故事敘述的不過是某人看見了一個龐大的白色東西，撲殺後發現原來是隻青鷺，便將之煮來吃了，並無任何神怪之處。不過是在發現這東西原來是隻鷺鳥前，將之誤判為幽

註13：江戶中期名俳人與謝蕪村之名句。

靈罷了。此外，也曾見其似有一目泛光。此文之本意，其實是記述這些個誤判，如何使此事傳為笑談而已。」

「作者果真將之視為笑談？」

「當然是。要不怎會冠上『捕幽魂烹煮食之』這玩笑似的標題？若非將之視為笑談，此文被冠上的應是『青鷺成妖』、或『誤視青鷺為妖物』一類的標題才是罷？」

「意即——作者認為鷺鳥的確能發光？」

想不到劍之進竟然是如此單純。

惣兵衛活像撲了個空似的，一臉不悅地望向與次郎。

「你可知這是否屬實？畢竟我是沒瞧見過。」

「秦鼎的《一宵話》有云，海中之火，悉數為魚類之光，俗稱之火球，則為蟾蜍所幻化之飛天妖物。此外，凡青鷺、山鳥、雉雞等，於夜間飛行時皆可發光。」

「皆可發光？」

真有此可能？這下，惣兵衛突然又納悶了起來。

「雖難斷言這些東西無法發光，有時似乎也真能發光，但皆能發光這說法是否屬實，可就不得而知了。畢竟我是一度也沒瞧見過。」

大抵，鳥在入夜後應是無法飛的罷？惣兵衛說道：

「鳥不是夜盲的麼？」

「梟倒是能飛。」

「但梟可不會發光。」
「這回的話題，與梟何干？」
劍之進打斷了這場無謂的爭議說道：
「羽毛為何能生電，這道理我是並不懂。說老實話，畢竟連貓也沒養過，毛究竟是如何發光，我也是完全無從想像。當時將那火球解釋成類似雷電的東西，我是還聽得懂，但鷺鳥發的究竟是什麼光，可就無法理解了。難不成是類似光蘚一類的東西？」
或許是反射罷？惣兵衛說道：
「好比雉雞什麼的碰上日照，會發出耀眼光彩。這東西或許也能在漆黑夜裡反射月光。」
漆黑夜裡哪來的月光？與次郎說道：
「總之，我認為這應非燈火般的火光，或許不過是形容鳥光，或俗稱鳥火，即飛行時鳥尾拖曳而出的火光，據說即便是停下時，看來也像是起火燃燒似的。會不會就只是這麼個意思？」
「那叫電氣什麼的，是否也會發光？」
被這麼一問，大夥兒全都回不上話來。
「正馬那傢伙雖然可憎，但這類舶來的知識，除他之外還真是無人能問。雖不知他說的究竟是真是假，那傢伙一說起洋人的好，便像在自吹自擂似的說個沒完。倒是——」
正馬今兒個怎麼不在？惣兵衛左右張望地說道。其實張望本是多餘，這回大夥兒一如往常，同樣是聚集在與次郎租來的居處，房內狹窄到根本無須轉頭。
「該不會是吃壞了肚子吧？」

是我沒找他來，劍之進回答道。

倉田正馬這位曾放過洋的假洋鬼子，亦是此三人的豬朋狗友之一，經常前來同大夥兒討論此類異事。

「為何沒找他來？那傢伙不是比誰都閒麼？噢，難不成是你不想再聽到那傢伙揶揄你落伍、迷信什麼的？」

你這心情，我多少也能理解，惣兵衛說道：

「那傢伙的確是惹人厭。唉，同他認識了這麼久，我也是看在武士的情面上，才同他打交道的，否則看這傢伙沒有半點兒日本男兒的風範，老早就同他一刀兩斷了。」

沒找他來，並不是為了這個，劍之進悵然若失地說道。

「那是為了什麼？虧那傢伙還是個幕臣之後，卻從頭到尾一副洋鬼子德行，而且這混帳還從不幹活兒，真是個荒謬至極。」

「與他不幹活、或是個假洋鬼子也毫無關係。問題在於他是個旗本的次男，而且父親還曾在幕府擔任要職。」

那到底是為了什麼？惣兵衛問完便撇起了嘴角。

那麼，究竟是為了什麼理由？同樣猜不透的與次郎問道：

「該不會是有什麼內幕吧？」

「官差豈能有任何內幕？身為人民之楷模，我可是凡事力求光明磊落。」

「那麼，何不把理由說清楚？」

這下就連與次郎也沉不住氣了。
「別說是咱們這位使劍的老粗，你這個巡查大人說話的德行，就連我聽了禁不住想抱怨。先是鷺鳥如何如何，接下來又是信州如何如何，只懂得向大家拋出謎題，就連特地為你找來史料，你也對作者的身分百般拘泥。」
你所提的哪是信州的故事？惣兵衛揶揄道。
「這也是無可奈何。我並非學者什麼的，不過是個貿易公司的職員，哪可能找到完全符合的史料？但即使我對這再不專精，也特地找來了這則《裏見寒話》中的記述。不過是認為既然信州與甲州相鄰，至少算是較為接近——」
我知道我知道，劍之進打斷與次郎這番話搪塞道：
「我並無任何抱怨。對你這番心意也由衷感謝。」
「是麼？但瞧你一臉不悅的，拋出個謎要咱們猜，都已經夠讓人困擾了，還頻頻抱怨人家身分如何、家世如何，一會兒人不值得信任，一會兒故事不值得採信的。這下又批評幕臣如何如何，教人聽得是丈二金剛摸不著頭腦，完全不知你究竟想問些什麼。」
一點兒也沒錯，惣兵衛頷首說道：
「若存心隱瞞，就別來找咱們商量。若要同咱們商量，就不要有任何隱瞞。若是打一開始就把話給說明白，大家不都省事？貿易公司或許有假可放，但我這種武士可不能如此吊兒郎當。為了幫你個忙，今天我也是特地拋下道場公務上這兒來的。」
「喂，你一個門生都沒有，在道場或上這兒來，根本沒任何差別不是？」

誰說我沒門生？惣兵衛回嘴時雖面帶不悅，但並未積極辯駁，因為與次郎所言的確是事實。惣兵衛曾向山岡鐵舟習劍，是個武藝高強的豪傑，如今於猿樂町主持一個道場傳授劍術。但如今並不時興習劍，道場根本是門可羅雀。

即使如此，去年為止仍有寥寥數名門生，但到了今年就完全絕跡了。正馬曾如是說。

眾人沉默了半晌。

「其實……」

劍之進沉著臉打破了沉默。

接著又低聲說道——這回是受一位宮大人所託。

「宮、宮大人？可是指官軍？」

「乃曾為公卿之貴族。噢，如今已改稱為華族了。而且此人還是東久世卿的同輩，曾官拜國事御用掛與國事參政（註14），是個貨真價實的大人物。」

東、東久世？惣兵衛驚呼道：

「可是那官拜侍、侍從長的東久世卿？」

「據說此人曾與東久世卿一同為尊王攘夷運動效力，故維新後得以從政，曾歷任多項要職。如今業已自政界引退，不再過問國政。」

「究竟是何方神聖？」

「乃由良公房卿。」

「由良？」

惣兵衛再次失聲大喊。

「我原本不想言明，就是怕你這傢伙大聲嚷嚷。」

「真是的。此人不就是鼎鼎大名的由良公篤之父麼？」

「由良公篤又是什麼人？」

與次郎從未聽說過這號人物。

他完全不識任何華族、士族，對新政府的一切亦是一無所知。雖聽說過太政大臣三条實美、或右大臣岩倉具視這些名字，但被問及左大臣是何人，可就答不上了。並不是因為他對此類人物毫無興趣，而是忙於應付生活，根本無暇他顧。

再者，與次郎依然是滿腦子幕府時代觀念。雖不至於對這些階層有多熟悉，但仍無法接受如今公卿與大名皆以華族稱之。即便理性上接受了這事實，但感覺上卻還是認為兩者有所區別。

這由良公篤是個什麼樣的人物？與次郎向惣兵衛問道。

「是個儒學者。」

「儒學者？不是個公家麼？」

「是個公家又如何？儒學哪有分公家武士的？即便是貴為天子，也得學習儒學哩。」

「是麼？」

註14：「國事御用掛」乃由掌管宮中事務之宮內省所任命之官員，負責以一己之經驗或專門知識侍奉皇室。「國事參政」則是江戶時代輔佐大名執政的家老別稱。其餘別稱尚有奉行、執政。參政位階在執政之下。

與次郎還以為儒學是武士的學問。

「由良公篤乃前年以僅二十二歲弱冠之年，便開辦名曰孝悌塾之私塾的秀才儒者，甚至為部分人士譽為林羅山再世。昌平黌（註15）出身者對此人亦是讚譽有加，據說還收有不少異國門生哩。」

「異國門生？異國人也要學儒學？不過據說儒學最為發達的，乃支那與朝鮮，為何要專程到日本來學？」

是洋人呀，惣兵衛說道。

「洋人也學儒學？」

「真理本就不分東西。由良生性勤勉好學，曾積極學習洋文，據說還造詣頗深。法蘭西人什麼的，儒學還研習得頗為認真哩。」

你可真清楚呀，劍之進說道。

「因為我有門生在他的私塾研習。」

「哈哈，原來你的門生是被搶到那兒去了？」

誰說是被搶走的？聽見與次郎如此挖苦，惣兵衛不悅地把頭一別駁斥道：

「劍道亦是為人之道。我不過是見時下的年輕人普遍修養匱乏，將門生送到那兒讀點兒論語罷了。」

聽他這番強辯，正馬若是在場，鐵定要把他給痛罵一頓，兩人也必定會吵起架來。

幸好與次郎無意同這滿臉鬍子的莽漢爭辯，僅將這番強辯當耳邊風。

即便如此。

「原來這位秀才儒者之父——是個尊王攘夷有功的華族大人呀。如此大人物，怎會找上咱們的矢作劍之進一等巡查？」

這就是問題所在，劍之進一臉愁容地說道：

「似乎是去年在報紙上讀到那則關於火球事件的報導。」

「這等大人物，也會讀那種荒誕無稽的瓦版？」

「總之就是讀了。噢，該怎麼說呢，此人似乎對怪火頗感興趣。」

「怪火？可是指鳥火？」

「正確說來，應是對鳥和火感興趣。此人年少時，似乎曾經歷過某種與鷺鳥及妖火有關的事兒。但由良家代代尊崇儒學，意即，不語怪力亂神乃其家風。故長年以來，對此事只得三緘其口。」

「但這下卻聽到了你這妖怪巡查的名聲？」

「當時，《東京日日新聞》之記者邀我進行訪談，當場便以一白翁所講述之內容為基礎予以答覆。誰知事後卻有當時未有記者在場之報社，拿這則故事來開玩笑。其中甚至有些報導還佐以一火中有人臉之火球、和一與我酷似的巡查格鬥的插圖，有的將我的姓氏矢作篡改為荻（註16），有些甚至還胡亂將我的名字寫成了與荻正兵衛什麼的。」

註15：一六三〇年設立，為當時日本儒學教育之最高學府，對後來的藩校與私塾影響深遠。

註16：取其諧音。矢作讀作やはぎ，荻讀作おぎ。

這下哪有誰認得出報導中的是誰？惣兵衛說道。
「那麼。」
與次郎切回正題問道：
「這位大人物同你問了些什麼？」
被這麼一問，只見劍之進板起臉來，直摩挲著鬍子。

【參】

天保年間。
算來已是四、五十年前的往事了。
大概就是那陣子的事兒罷。之所以不記得事發何時，當然是因記憶不甚明瞭。當時的由良公房卿，還不過是個三、四歲的娃兒。
記得當時兩眼所見，是一片山中景色。
至於是哪座山，可就不確定了。只是不知何故，印象中該處地勢似乎不低。不過，倒也不是林木蒼蒼的深山景色，而是片一望無際的樺木林。當時日照是強是弱雖不復記憶，但依稀記得並不是個陰暗無光的白晝。舉頭仰望，遼闊的天際雖不見星辰，但也不至於是一片漆黑。
或許是黃昏時分罷。
當時似乎還聽見了潺潺水聲，但記不得是否看見了河川，水流聽來也並不湍急。如今想來，當地或許是座湧泉或溼地。

總之，印象中該處似乎是個高地上的溼地。

最不可思議的，是光。

記憶中，年幼的公房卿渾身發著光。

抱著公房卿的女人亦如是。

這倒是記得十分清楚。但這光不似油燈照明，記憶中並不耀眼。抱著自己的女人、和自己的軀體所發出的，是宛如戲裡的樟腦火，或飛螢尾端般朦朧的光。

公房卿記得自己被抱在女人懷中。

此女十分慘白。至於是如何個慘白法，可就難以形容了。也不記得賦予自己這種印象的，究竟是女人的臉色、還是衣裝。公房卿僅表示女人渾身慘白且發著光，自己的軀體亦如是。

當時，公房卿被溫柔地抱在女人纖細的臂彎裡，緊抓著她帷子裝束般的衣裳。手中那柔軟布料的感觸，至今仍能不時自記憶中喚起，但卻不記得女人肌膚帶有絲毫體溫或氣味。

在此之前的一切均不復記憶。

所有記憶均是自此突如開始。

如此經過了多少時間，印象亦十分曖昧。

後來。

有個男人現身。

也不知是驚訝，還是惶恐。

男人一見到女人便畏懼得直打顫，恭恭敬敬地低頭跪拜。

被抱在女人懷中的公房卿，低頭俯視著跪在滿地泥巴中的男人。

兩人說了幾句話。

不知都說了些什麼。

什麼也記不得。

或許不該說是記不得，而是當時的公房卿還是個稚齡娃兒，聽不大懂成人的話。

男人雖滿身泥濘，但也不敢起身，女人則是不斷向他說著些什麼。

唯一清楚記得的，是女人的嗓音清脆，宛如鈴響。

也不知過了多久。

接下來。

女人將公房卿遞給了男人。

男人的衣裝質地乾燥粗糙，帶著一股麝香般的氣味。

公房卿一被抱進男人懷中。

鈴，剎時一陣鈴聲響起。

緊接著，公房卿聽見一陣震耳欲聾的振翅聲。

連忙轉頭望去。

只見一頭碩大無朋的青鷺。

正在一望無際的夜空中翱翔。

鷺鳥發著磷光般的光芒——
消失在澄澈的夜空中。
男人緊緊抱著公房卿。
緊得連指頭都要掐進他的肉裡。
此男——
「便是由良胤房，即公房卿之父。」
劍之進說道。
「公、公房卿之父？真是出乎意料。」
這故事聽來還真是含糊。
「那麼，當時抱著公房卿的女人，又是何方神聖？」
這我也不知道，劍之進一臉納悶地回答。應是母親或奶媽罷？惣兵衛說道：
「都抱著娃兒了，還會是什麼人？」
「不，看來應非如此。其母當年業已亡故，自此描述中亦不難確定，此女絕非奶媽或奴婢。」
「何以如此肯定？」
「若是奶媽，胤房卿何必對其低頭？當時此人可是整副身子跪在爛泥巴裡，叩頭叩得滿臉泥濘哩。」
「這……」
與次郎試著拼湊出一個解釋：

「或許是為了央求該女將娃兒還給他？」
「央求？你這意思是，公房卿原本是被什麼人給綁架了？」
「傲視天下的公家向個奴婢——噢，還不知道是否是個奴婢，總之，堂堂大漢向個女子平身低頭，甚至不惜跪坐扣拜苦苦央求，看來應是為了確保愛子的安全罷？」
「有道理。」
我竟沒想到能如此解釋，劍之進說道：
「若將之解釋成一個綁架娃兒的女人將娃兒歸還其父，這情況就多少能理解了。」
且慢且慢，惣兵衛打斷倆人的對話道：
「喂，這推測未免也太直截了當了罷？」
瞧他一臉驚訝，看來是無法接受兩人的推論。
「若是不知抱走娃兒的男人是誰，也就沒什麼好說。但劍之進，你也說過該男乃公房卿之父。若是其父……」
公房卿哪可能問不出該女是何許人？惣兵衛拍腿說道。
「試著加以思考罷。哪管這奇妙回憶是如何朦朧模糊，哪管當事人當年是如何年幼無知，若有心追究，總有機會問出個真相不是？僅需稍事詢問其父該女究竟為何人，不就能得個答案？若其父回答不知，或許便代表當事人記錯了。若是知道，理應據實回答。即便事發至今已過了四十年，也不代表毫無機會查個水落石出。難不成是當事人自個兒沒問？還是其父也在事發不久後便告辭世？」

「據說曾詢問過，但其父拒不作答。」

話畢，劍之進伸手將鬢毛給撥齊。

「這可就離奇了。」

惣兵衛臉色益發不悅地說道：

「為何——拒不作答？」

這我哪知道？劍之進回答。

「不知道？你這回答未免也太離奇了罷？拒不作答——聽來活像是此地無銀三百兩。還是，其父已承認的確曾有過這件事？」

「公房卿表示自己曾數度詢問，但每回被問及此事，胤房卿均是一臉愁容，並嚴斥萬萬不得問及此事。」

「不得問及此事？」

亦即，此事的確曾發生過？惣兵衛自袖口伸出兩支毛茸茸的胳臂，環抱胸前說道。

時值隆冬，這莽漢隨意露出肌膚卻毫不在意，直教人為他打一身寒顫。

「但再怎麼說，人化身成鳥，振翅飛離這等事兒，聽來只會教人笑掉大牙，豈還需要為此爭論？這故事的確怪異，但這狀況要來得更為怪異哩。」

「總之，有隻會發光的鷺鳥就是了。」

與次郎打斷惣兵衛嘶啞的嗓音說道。

惣兵衛接下來要說的，想必頗為有理。但與次郎並不想聽這類道理。

於某個不知名的高原溼地，一個抱著娃兒的女人化為發光飛禽振翅而去——與次郎整個腦袋已為這幻想般的場景所佔據。

沒錯，劍之進說道：

「有個女人化為發光飛鷺，飛上天際揚長而去。總而言之，與次郎稍早為咱們朗讀的《裏見寒話》與《耳囊》，都是極為有趣的故事。不過，這該怎麼說呢……？」

「的確，這些故事是不足採信。」

這下連袴的衣襬都給捲了起來的惣兵衛說道：

「原來如此呀。若是出自華族出身者之手，史料或許就值得採信。這下，我也能體會你為何不打算讓那幕府要人之子一同商議。不過，劍之進，你實在是太杞人憂天了。」

「我哪兒杞人憂天了？可別忘了，正馬之父曾是個佐幕派的急先鋒。對他而言，朝廷可是——」

但不是老早退隱了？惣兵衛這莽漢回嘴道：

「哪管原本是個老中還是旗本，這些個前幕府時代的官銜，如今哪還有什麼影響力？武士的氣魄，可不是來自官銜呀。劍之進，仔細想想罷，德川的御三家，如今不也都成了華族？諸侯大名與殿上人，早已沒什麼區別。真不知那以洋鬼子自居的敗家子，在這年頭還有什麼好神氣的。即使今天把他給找來，也沒什麼大不了罷？」

不過，惣兵衛突然低下身子，一臉惡意地說道：

「劍之進，想必你心中也是這麼想的罷？」

「怎麼想？」

「就是——沒這種事兒。想必正因你如此認為，才會感覺與次郎所朗讀的內容令人質疑。是不是？」

「這……」

劍之進無法回嘴。因為真的教他給說中了。

「你打心底認為此事不足採信，但若推論這些純屬捏造，便等同於認為公房卿所言不實。但雖令人難以置信，也沒膽輕易斥華族所言為無稽，因此才會如此猶豫。我說的沒錯罷？」

話畢，惣兵衛不由得放聲大笑。

「不過，若連公房卿本人都不相信，哪可能找上你這傻子商議？畢竟公房卿其與其子均為鼎鼎大名的儒學者，豈有可能胡亂談鬼論神？」

「但這可是公房卿自個兒敘述的。」

如此一來，不就代表是他記錯了？惣兵衛說道：

「畢竟那不過是個幼子的經歷。被遞交其父時，或許背後正巧有烏鴉飛過。從這敘述的說法聽來，的確像是那女人化成了飛鷺，但這種事兒哪可能發生？」

的確不可能發生。

但，即使如此……

「為何又提到信州？」

與次郎問道：

「劍之進，記得稍早你曾問到信州什麼的。難不成這件事兒，與信州有什麼關係？」

「正是在信州發生的。」

「何以見得？」

其實，這故事並非到此為止，劍之進搔頭說道。

原本經過細心整理的頭髮，就這麼給他抓成了一團雜亂。

「若僅到此為止，即便是我，也要認為是公房卿記錯了。噢，若非記錯，我也要認為或許是公房卿自個兒誤判、或看走了眼，要不就是他自個兒的幻想。」

「反正不管怎麼看，此事都像是誤判或幻想罷。」

「不過，事情並非這麼簡單。」

話畢，劍之進便緊緊抿起了嘴。

「事情並非這麼簡單——？」

「沒錯。由良家極為富裕，故公房卿時常出外遨遊。不過，並非所有公家自幕府時代就是經濟寬裕，而如今的公卿與華族，日子甚至較當時更為嚴峻。有些甚至因生活過於拮据，積欠了終生無法償盡的債務。這全都是被迫廢止家業使然。」

家業大概是些什麼？與次郎問道。

所謂公家，之於侍奉將軍的武家，指的不就是侍奉天子的對象麼？照這麼來說，天子所給予的錢財不就等同於俸祿？劍之進順從地回答。

「一言以蔽之，華族的家業，大致上就是些知識或藝道（註17）罷。家家都有些諸如琵琶、蹴鞠（註18）、或古今傳授（註19）一類的傳承，故得以靠傳授這類技藝餬口。除此之外，尚有發放檢定資格等權利，即諸如授與檢校（註20）位階一類的認可權。」

「是麼？」

這些事兒，與次郎還是頭一回聽說。

「噢，原來座頭為了爭取檢校位階前往京都，就是為了這個？」

「如今應是不同了。成為檢校需要相當程度的費用，故座頭個個都得拚了老命存銀兩，只為向公家大人繳納認可費（註21）。」

「原來如此。那麼這位由良大人，也是個檢校？」

「不，並非如此。公家糊口方式，其實是家家不同。由良公房雖出自儒學世家，但據說年少時比起儒學，對神道、國史、地誌等學問更感興趣。曾如菅江真澄周遊諸國，亦曾如林羅山（註22）

註17：指藝術或工藝之道，涵括能樂、歌舞伎、人形淨琉璃等表演藝術，以及邦樂、茶道、華道、香道、書道、盆庭等傳統工藝。

註18：中國古代的足球運動，亦曾傳至朝鮮、日本、越南等國。

註19：解析、考據《古今和歌集》亦作《古今集》歌風的學問，分為御所傳授、地下傳授、堺傳授三種體系，多為祕傳。

註20：江戶時代設有管理盲人之自治組織，名曰當道，受寺社奉行管轄，亦設有別當、勾當、座頭等共七十三段盲官位階，檢校為位階最高者，須通過平曲、地歌三弦、箏曲、針灸、按摩等檢定方能獲授。得此位階者，可著紫衣，持兩撞木杖。最高位的檢校享有與十五萬石大名相等的權威。

註21：由於成為檢校者得享優渥收入，故自元祿時期起，此位階可以高利出租，為此繳納的租金，正式名稱為座頭金或官金。

註22：江戶時代初期之儒學家，熱中鑽研朱子學，於一六〇五年以二十三歲的弱冠之年，成為德川家智庫，對制定幕府初期之政治、禮儀、規章、與政策法令等貢獻良多，對儒學之推廣亦是功不可沒。

四處探聽宗教祭祀之由來或傳承。雖然平日多忙，大概也走不了多遠。但其實……」

「其實什麼？你就別再賣關子了。」

惣兵衛催促道。

劍之進神情益發嚴肅地說道：

「事過二十年後，公房卿曾親自造訪信濃。」

「終於提到信濃了。」

最初便提過了，劍之進說道：

「當時，公房卿便於信濃——發現了那地方。」

「什麼地方？」

「不說你們也猜得著。」

「難不成是——他被那女人交給其父之處？」

噢？惣兵衛失聲喊道：

「他找、找著那地方了？」

「似乎是如此。而且在該地——公房卿又見到了那暌違二十年的青鷺。」

「指的可是那隻鳥？」

是那化為鳥的女人——劍之進說道：

「公房卿見到了那女人。而該女以鷺鳥自稱。」

聞言，與次郎不禁倒抽了一口氣。

【肆】

翌日午後，與次郎隻身造訪藥研堀。

當日天氣晴朗，但頗帶寒意。

除了與一台疾驅而去的人力車以及一個小夥計所推的三泣車（註23）擦身而過，沿途連一個人影也沒瞧見。或許是適逢舊曆新年使然，四下一片靜悄悄的，彷彿全城居民都消失了似的。

在巷弄中拐了幾個彎兒，一片江戶風情剎時映入眼簾。

藥研堀隱士一白翁的居處九十九庵，便座落於這片江戶景致中。

門前可見小夜正勤於灑掃。朝她打了聲招呼，小夜便笑著回答：

「噢？與次郎先生。今兒個也是一個人來？」

「是的。近日大夥兒老是湊不齊。不過，也無須硬是把咱們湊齊不是？若是每回咱們都要像螞蟻似的成群結隊上這兒湊熱鬧，未免也太叨擾了。老隱士人在麼？」

當然在，小夜面帶益發燦爛的笑容回道：

「奴家總勸他老人家還走得動，若要身體安泰，偶爾也該出門走走，但他就是不聽勸。就連

註23：手推車的一種。輪小、棒長，車台後方裝有鐵架，供年幼學徒或夥計運貨使用的手推車。童工可能為推車辛勞而泣、被人搶飯碗而泣、再加上車輪發出的聲響類似哭泣聲，故得此名。

警告他老眼昏花，別再讀那麼多書……」
同樣是不聽勸，小夜繼續說道：
「哪管是碰上蘭盆節還是年節，也不肯換個行頭。根本不諳酒性，卻一過年就頻吃甜嘴，一點兒也不懂得應景，真是教人沒勁兒呀。」
老人家也過舊曆年麼？與次郎接著問道。這下倒是想起年初來訪時，似乎曾看到屋內飾有鏡餅（註24）。但小夜回答：老人家並不熱衷過舊曆年。
雖然多年前便已改採陽曆，但坊間依然難以適應。吊兒郎當度日的與次郎雖不覺得有多大不同，但有些人就是計較。直到如今，仍有不少老年人依然憑舊曆過日子。
老爺改變得倒是挺快，小夜說道：
「老歸老，但心境可是年輕得很。」
「敢問，老隱士可是名叫百介——山岡百介？」
「哎呀。」
聞言，小夜一對鳳眼睜得斗大。
見狀，與次郎略感尷尬，這下還真不知該如何解釋。
「噢，在下無意打探老人家的出身。只不過，在下曾為北林藩士，正是基於此一因緣，方有幸進出貴府，故此……」
「意即，先生循許多法子，探出了咱們家老爺的出身？」
「不，在下不過是稍稍瀏覽了敝藩之藩史罷了。北林藩為一小藩，歷史甚為短淺。於五代藩主北林景亘治世，曾有一撼動全藩之大騷動。藩史有載，當時有一江戶百姓，為拯救敝藩四處奔走，並載有此人之姓名。」

聞言，小夜蹙了蹙優雅的細眉，這神情看得與次郎一陣意亂情迷。

「噢，若老、老隱士不願張揚，就當在、在下不知情罷。對老、老隱士之任何祕密，在下均無意打探。」

「哎呀，這哪是什麼祕密？」

小夜以手掩嘴，開懷笑道：

「此事雖沒什麼好自誇的，但也不是什麼見不得人的勾當不是？老爺絕非有意隱瞞，不過是生性不好張揚，經年保持緘默，如今也不知該如何說起罷了。」

「和孩童根本沒什麼兩樣，小夜說道。

「和孩童沒兩樣？」

「與次郎先生何嘗不是？」

「在、在下？」

「先生與百介老爺的眼神根本是一個樣兒。百介老爺自己也常說，先生和年少時的自己頗為神似哩。」

小夜，小夜。此時突然傳來老人的一陣呼喊。

註24：日本年節期間用以祭祀神明的年糕，通常以大小兩個圓盤狀之年糕相疊而成。

是，雖然笑開了的嘴依然闔不上，小夜還是睜開雙眼應了一聲。

可是有誰來了？老人問道。

好一陣子不見各位來訪，瞧他老人家正寂寞呢，小夜回頭望向百介這麼一說，接著才以洪亮的嗓音朝老人回道：

「是與次郎先生。」

接下來，與次郎便照例被領到了小屋中。

老人依舊身穿墨染的作務衣（**註25**）與灰色的袢纏（**註26**），蜷身的坐姿，教他的身形看來彷彿較原本更為瘦小。雖然屋內陳設看似一片寒意，但裡頭倒還算得上暖和。老人抬起頭來，一臉和藹地問道：

「就先生一個人來？」

「是的。矢作巡查有公務纏身，稍晚才能趕來。」

「噢？可是又遇上了什麼怪異案件？」

「也稱不上什麼怪異案件——或許該說是個怪異的諮詢罷。」

為何大夥兒沒打一開始就上這兒來？與次郎不禁懊悔。與次郎即便使勁渾身解數，只怕也變不出幾個花樣，但一白翁可就是個通曉古今東西之奇譚巷說的高人了。不僅相關書卷收藏甚豐，還曾親自周遊諸國蒐集奇聞怪談。無須任何思索調閱，便能憑記憶陳述類似故事、或引經據典作出傍證，並藉此作出合理解釋。

即便如此，與次郎一夥人遇上此類異事時，總是沒想到該先造訪老人家，而是四人聚在一起，作一番無謂議論。待陷入死胡同談不出個結論，才曉得前來造訪。
或許，是因眾人認為此類怪談不過是捏造的故事，大多均屬無關緊要使然。
不，或許凡事都得求個合理解釋的惣兵衛與正馬，以及天生酷好議論這類不可思議之奇事的劍之進，才會為此感到後悔。
相較之下，與次郎不過是愛湊湊熱鬧罷了。
與次郎向老人陳述由良公房卿一事。
話沒說完，與次郎便注意到老人的神情起了變化。自其枯瘦容貌察覺些微情緒起伏雖非易事，但近日與次郎對此似乎多少變得敏感了些。
山中異界之怪誕回憶——
與次郎小心翼翼據實稟報，力求避免佐以任何潤飾。
說到女人幻化為鷺鳥振翅飛離時，劍之進終於趕到。
果不其然，一臉緊繃的劍之進唐突地喊道：
「什麼東西果不其然？也沒先打聲招呼，便闖進來大聲嚷嚷，難道不怕嚇到老人家？」
噢，失敬失敬，劍之進併攏雙膝，向老人低頭致意。
「那麼，與次郎，你說到哪兒了？」

註25：古時指禪宗僧侶行砍柴、耕作等日常勞動時所穿著的工作服。
註26：無翻領、輕羽棉材質的日式外套。

「我正在向老人家陳述公房卿兒時的怪誕回憶。倒是你方才那句『果不其然』，指的究竟是什麼？」

「果不其然……」

那東西，果然是姑獲鳥，劍之進說道。

「姑獲鳥？」

「沒錯。據說乃難產身亡之女所化成的妖物，想必你也聽說過。」

「是聽說過，但此事與這妖怪可有什麼關連？」

「你怎會想不通？那女人就是姑獲鳥。試著想想姑獲鳥會幹些什麼事兒罷。」

會求人抱抱其懷中的娃兒，老人說道。

「沒錯。此妖常現身柳樹下或河岸邊，逢人路過便求人抱抱其娃兒。常人見之多半驚惶逃離，但接下娃兒者……」

便能得神力，是不是？一白翁再次答道。

「沒錯。老隱士果然是無所不知。相傳有膽量抱下此娃兒者，便能獲得神力或財富。」

「況且，尚有孤姑獲鳥之真面目即為青鷺一說。」

沒錯沒錯，誠如老隱士所言，劍之進頷首說道。

「且慢且慢。劍之進，我可不像惣兵衛或正馬，碰上凡事都要質疑是否合情合理。但話雖如此，聽到你將這東西指為姑獲鳥，我還是無法全盤採信。再說若是如此，當時的公房卿不就成了這妖物硬要人抱的娃兒了？」

正是如此，劍之進回答。

「正是如此——？」

「昔日還真有類似的流言蜚語。」

「流言蜚語？」

「沒錯。往昔的確曾有意圖中傷之流言指稱，公房卿並非人子，而是魔物之子。」

「什麼？這未免也太誇張了。」

不是說過這是個中傷了？話畢，劍之進撫弄著鬍子咳了一聲，繼續說道：

「現實中當然不可能有這種事，否則哪還得了？這點道理，我至少還懂得。方才不也說過那不過是流言蜚語？與次郎，可要學著把話給聽清楚呀。這不過是出於嫉妒而造的謠罷了。公家大人畢竟也是人，嫉妒之心當然也有。記得我也曾說過，許多公卿過得是清貧節儉的日子，尤其是如今，大半都活得頗為拮据。但公房卿他……」

「不是常出外雲遊？」

「沒錯。若非富人，這可是辦不到的，總之家境是頗為富裕。由良家既非攝家（**註27**），亦非清華家（**註28**）或大臣家（**註29**），而是江戶時代方才成家之新家，於平堂上家中層級並不高，但

註27：公家之最高家格，指日本鎌倉時代出自藤原氏嫡系的近衛家、一条家、九条家、二条家、鷹司家五個家族。又稱五攝家。

註28：公家家格之一，位於攝家之下，又稱英雄家或華族。明治維新前，華族專指清華家。

註29：公家家格之一，位於清華家之下。

也不知何故，日子竟能過得如此闊綽。如此一來，當然不乏招人嫉妒、造謠中傷了。」

「所以，這不過是惡意中傷？」

當然是惡意中傷，劍之進瞪著與次郎說道：

「否則還會是什麼？只不過，畢竟無風不起浪。」

「意即，公房卿真是魔、魔物之子？」

喂，如此胡言亂語，豈不失敬？劍之進語帶怒氣地斥責道：

「竟敢如此污蔑華族大人？你這傢伙腦袋可真是簡單，若是如此，這流言豈不就是事實，而非謠言了？總之，試著想想以下兩點。一是由良家坐擁財富一事，二是據傳家中富貴乃是公房卿召徠的。」

「公房卿召徠的？」

「至少，外人均認為由良家是打公房卿出生後，才開始坐擁萬貫家財的。雖不知這究竟是虛是實，但自當時起，由良家的確是開始富裕了起來——」

有多富裕？老人突然問道。

「這……其實也稱不上富可敵國，不過是在公家泰半過得三餐不繼時，由良家仍能確保衣食無虞罷了。」

原來如此，老人頷首問道：

「那麼，如今又是如何？」

「如今……」

似乎便頗為清苦了，這巡查面有難色地說道：

「公房卿有多位弟弟。其父過世時，公房卿並未繼承所有家產，而是兄弟共同配分。公房卿原本便是清心寡慾，其子公篤先生開設私塾時，亦曾援以不少的經費。此外，四年前添了第五子，公篤先生亦於去年添了一個娃兒。」

「子與孫相繼誕生？不過這第五子，豈不是開設私塾之公篤大人之弟？」

同為兄弟，年齡豈不是頗有差距？與次郎驚嘆道。想必差個十八、九歲罷，劍之進說道：

「總之，這該怎麼說呢。俗話有云窮人多子孫，日子過得想必是頗為清苦。不過，畢竟私塾頗受好評，與其他公卿華族相較，至少算得上是衣食無缺。據說居於府內之華族大人們，負債總額業已高達兩百萬圓，有些華族甚至傾家蕩產，都無法清償債務哩。」

「那麼，由良大人如今是否仍節儉度日？」

「想必是罷。日前，在下曾與其面會。方才發現此人竟是如此和善。原本還以為既是華族，應是個拘泥形式的人哩。據說若非本人謙虛禪讓，否則早已於新政府中任高職了。依常理，這等人物應不至於與卑微如在下者隨意交談才是。」

有理，老人兩眼茫然地說道。

看這眼神，似是又憶起了些什麼。

「倒是，公房卿如今是什麼歲數？」

「據說是四十九歲。」

已是四十九歲了？一白翁語帶感嘆地說完後，又數度頷首。

「噢，竟然打了這麼個岔，還請多多包涵。劍之進先生，這故事應是還沒說完罷？」

「是的。」

老隱士果然是明察秋毫，劍之進先如此奉承，接著又朝與次郎瞟了一眼，方才繼續把話給說下去：

「方才在下亦曾言及，公房卿有多位弟弟。不過，其母似乎是一生下公房卿便告他界。弟弟們皆為……套個市井小民的說法，皆為其父之後妻所生。公房卿之母是個門當戶對的公卿千金，與其家至今仍有基於親戚關係之往來。噢，此事似乎僅能靠市井小民的說法解釋——不過……」

「可有什麼問題？」

「噢，不過公房卿這親生母親，和娘家似乎頗為疏遠。出於好奇，在下曾稍事查探。卻發現別說是其母之出身，甚至連是否真有此人都無法證實。」

「或許乃其母並非公家出身使然？」

這在下就不知了，劍之進說道：

「這可不同於調查神樂坂藝伎之出身。既然無人犯罪，便無從明目張膽深入探查，但倒也查出了個朦朧的輪廓。首先，公房卿之母並未留下任何與其出身有關之記錄。至少絕非以胤房卿正室之身分享盡天年。而由良家開始變得闊綽，似乎是在公房卿出生之後。此兩點，便成了公房卿乃魔物之子這謠言的根源。」

「不無可能。」

一白翁語帶悲戚地說道：

「看來這位公房卿，日子過得並不幸福哩。」

這番話的語氣與其說是帶同情，不如說是帶歉意。

從老人的語氣中，與次郎聽出了一股微妙的激動。

但也不知此類中傷，是否有傳進本人耳裡，劍之進說道：

「總而言之，此類不祥傳言，的確是有此一事實為依據。噢，雖說是事實，也不知這究竟是否屬實——由良家之財源、與其母之出身，自胤房卿辭世後，悉數無從探查。但這背景，與公房卿記憶中這樁往事，似有某些微妙的符合。」

「諸如？」

嗓音雖嘶啞，但老人這問題還是問得魄力十足，嚇得劍之進連忙端正了坐姿。

「諸……諸如公房卿乃當地出身卑微、但頗具財力的鄉士之女與胤房卿所生。若是如此，按常理雙方是不可能結為連理，畢竟由良家至今仍屬華族，非門當戶對者聯姻，於幕府時代更是不可能獲允許。因此，公房卿便可能是個落胤，即俗話所說的私生子。不過……」

「不過什麼？」

「若胤房卿當年不希望結果如此，情況又將是如何？雖無法娶此女為妻，但或許可能求此女留下兩人的骨肉。」

原來那場面也能如此解釋。

抱著娃兒的，是公房卿之生母。

父親胤房卿則是為兩人無法成婚向其母致歉，並求其讓予兩人所生的骨肉——這解釋的確不無道理。

「如此解釋，或許有位高權重者以淫威脅迫之嫌，但維新前對非門當戶對者是如何嚴苛，絕非今日之風氣所能比擬。或許對其母生家而言，此乃一值得感激莫名之恩情也說不定。」

「因此，方向由良家提供經援？」

與次郎如此說道，劍之進隨即回答：

「這的確說得通。也就是一個原本身分卑微的庶子，教有頭有臉的世家給納為嫡子。雖不知在如今這時世會被如何看待，但依四十多年前的眼光看來，世人可就要認為其中必有蹊蹺了。畢竟這公家家境貧寒，為了子孫的生計著想，當然是能為其準備些銀兩最好。況且，對胤房卿而言，妻子身故後添了個娃兒總是不大得體，只得趕緊為娃兒定個身分——」

切勿憑臆測論斷，一白翁以罕見的嚴厲語調說道。

「是。」

劍之進彷彿鬍鬚下開了個大洞似的，驚訝得應聲後連嘴也闔不上。

對不住對不住，這下老人突然又恢復了原本的和藹語氣：

「老夫雖知劍之進先生並無惡意，但仍認為此事不宜以臆測推敲斷之。即便事實真是如此，有些事兒終究是不宜道論，尤其與生死相關之事最是如此。老夫也是出於一片關心，方才如此奉勸。」

對不住，在下的確是過於輕率了，劍之進致歉道：

「但——」

劍之進先生，老人說道。

「噢，是。」

「公房卿找上先生，是為了什麼樣的請託？」

「噢。」

即使天氣不熱，劍之進依然頻頻拭汗。

「這……當然是向在下詢問鷺鳥是否能幻化為人、可否發光等事兒。」

「原來如此。不過，先生稍早得到的答案，豈不是絲毫沒回答這些個問題？」

「這……」

的確是如此。

與次郎與劍之進不過是以絕無可能發生這等事兒為前提，進行一番議論推理。兩人均認為不可能之事，必有某種可解釋之內幕，或此奇妙記憶中，必有某種特殊之隱情。

倆人僅針對此隱情作一番推論。

不過是試著將種種狀況重新排列一番罷了。

但是……

「想必大人想聽的，並非這類答案罷？」

「這……」

想必是如此，劍之進低下頭回道。

「再者，老夫雖不知詳情如何，但畢竟是與大人自身、以及其父相關之事，想必劍之進先生於如此短期內查證之結果，公房卿自身均已知曉。但即便如此，大人仍欲解明自己那體驗究竟為何。是不是？」

「或許——的確是如此。」

「鷺鳥是否真有可能幻化為人、或大放光明——想必兩位先生打一開始，便未曾打算將此可能性納入考量。故此，既已作如是想，劍之進先生只消回答大人鷺鳥絕無可能幻化為人，亦無可能大放光明，一切純屬大人誤判，不就成了？」

此言果真是一針見血。

自始至終，公房卿均未提及調查此事之目的，乃助其確認自身之出身。亦未表示欲澄清該女究竟是何人、或當時是個什麼樣的場面。

「果真不能幻化？」

不知何故，與次郎突然打岔問道：

「鷺鳥絕無可能幻化——是否真為正解？」

「這……」

老人瞇起周遭皺紋滿佈的雙眼說道：

「應無此可能。故這應是大人自身之誤判沒錯。但若以誤判解釋此事，則當年將公房卿抱在懷中的女人，便是個有血有肉的常人了。」

原來如此。

這下事情便開始帶點兒現實味了，老人繼續說道：

「若是常人，便得追究此女究竟是何許人、為何作如此舉止。如此一來，必將重蹈如劍之進先生方才那番無益推論，荒唐臆測之覆轍。對此，老夫是不敢苟同。」

「意、意即……」

劍之進抬起頭來，挑高眉毛說道：

「老隱士可是認為，毋寧將之視為妖物，較為妥當？」

「如此一來——大人豈不就成了妖物之子？值此文明開化時世，此類身分必將遭人歧視。相反的，昔日世人對此可就包容得多。畢竟古時有此身分者可能扮演兩種角色，可惜，如今其中一種業已不復存在。只不過，即便該女果真為鷺鳥所化，理應也不至於對公房卿如今之立場造成任何威脅。」

的確是不至於造成威脅，劍之進說道。

「若是如此——只消再向大人提及與次郎先生蒐來的《裏見寒話》及《耳囊》等，以補述自古便有鷺鳥可發光、亦可能幻化為人之說法，似乎更為妥當。」

一如往常，一白翁這番見解，聽得與次郎由衷佩服。

倘若事實真是如此，若公房卿長年均是如此認為，或許這番解釋最為恰當。

即便認為這情況有失合理，加以否定亦無法將這記憶消除。即使真是幻視、幻聽，對本人而言依然是個現實的記憶。或許援引與此記憶雷同之例作一番解釋，方為上策。

——但還真是俗氣呀。

原來所謂文明開化，就是如此俗氣？與次郎心想。

容老夫再為兩位添些史料罷，老人說道，接著便朝小夜招呼了一聲。老人住處史料藏書甚豐，此類文獻想必是不少。

不過——但小夜拉開紙門的同時，劍之進卻開口喃喃說道：

「怎麼了？」

老人略帶驚訝地望向這位巡查大人問道。

「噢，在下認為老隱士所言，的確是至為合理。但若是如此，二十年後那樁事兒，又該作何解釋？」

「噢。」

與次郎失聲喊道。

竟然忘了還有這麼回事兒。

二十年後又發生了什麼事兒？老人問道，但也不知何故，老人卻抬頭望向同樣是一臉納悶的小夜。

二十年後，大人又與該女重逢，劍之進回道。

【伍】

信濃國位處深山之中。

當時，公房卿正自京都下鐮倉，循上道經相模行至武藏上野，朝信濃國鹽田庄而行。

據傳，鹽田庄乃北条義政隱棲之地。

原本是為盡覽《古今和歌集》中歌詠的淺間山而踏上這段旅程，但途中興致卻給吸引到其他地方去了。由良乃文官家系出身，再加上家中又以儒學為業，公房卿自幼便對地誌、歷史、及信仰懷有濃厚興趣。

抵達鹽田庄稍事逗留後，年少的公房卿復沿千曲川而行。

雖說是旅行，但自其公家身分，不難想見應非聲勢浩大的大名旅行，沿途過的想必也是以石為枕、以地為床的日子。

抵達松原一帶時，公房卿告知巡查也不知是何故，自己突然想入山走走，因此便披荊斬棘，踏入了無路可走的山中。

公房卿表示，也不知此山為何名。

甲斐信濃山巒眾多，來自他國者，根本無從分辨。但自出山後便行至諏訪研判，應是蓼科山或天狗岳等自巨石山巔進入的山。

沿途斬草撥木循獸道而行，走了好一段後，視野剎時豁然開朗。

原來自己尚未下山。

雖未下山，但此處似是一片溼地。

積水處處可見，草木岩水亦不見任何雕鑿痕跡，看來應是一片人跡未至的荒地。與其說是山中，毋寧像是天涯海角才可見到的景致。

公房卿當時作如此感想。

就這麼茫然眺望了半晌。

直到夕陽西下。

周遭先是徐徐轉為一片茶褐色，待西方天際化為一片通紅，夜幕也於此時隨之低垂。就在此時——

在這片黃昏景致中。

公房卿突然憶起那遺忘經年的情景。

發光的女子、發光的鳥。

伏跪於地上的父親。

思及至此——不由失聲吶喊。

這也是理所當然，與次郎心想。

嘗言三歲看大、七歲看老，三、四歲的娃兒，便已具備完整人性。自當時起便佔據腦海一隅的長年記憶，突如真現實景色般浮現眼前，豈不教人驚訝？

而且，還是如此偶然。

試著想像公房卿當時的心境，與次郎不由一陣頭暈目眩。不知那感覺是猶如進入一幅錦繪中神遊，還是猶如遇見讀本中的人物？

想必是場難忘的奇遇罷。

不過，這不僅是場奇遇。

公房卿踏入這片荒地四處觀望。理所當然，當時的場所與情景，在記憶中已不復鮮明。但無論如何，還是該仔細確認一番。

或許，這不過是誤判罷？

與次郎心想。畢竟看來相似的地方多不勝數，除非有什麼特徵，否則生在哪兒的草木，看來都是一個樣兒。

公房卿於這片黃昏下的溼地上徘徊。

接下來。

映入眼簾的東西，看得他剎時渾身僵硬。不僅一步也走不得，彷彿是教鬼給壓住了似的，連呼吸也給符停了。

在漸趨昏暗的荒地另一頭，竟有一片藍光。

看來既非火焰，也不是某種反射。只見這火光有如戲裡的樟腦火般，發出藍白色的火光。

和當時一個樣兒。

出於直覺，公房卿如此心想。

指的當然是兒時見到的女人、以及鷺鳥所發的光。

從這片光裡，出現了兩個人影。

一個發著藍白色的光芒。

另一個則是從頭到腳一片漆黑。

漆黑的人影靜悄悄地走向動彈不得的公房卿，低頭深深鞠了個躬，接著便報上了名來。

——在下乃熊野權現之僕傭，名曰八咫鴉。

此時，溼地已為濃濃黑夜所籠罩。

而這八咫鴉，更是漆黑得有如渾身塗上了墨。

八咫鴉又說道：

——這位即是遠自太古便定居此處之青鷺。

——吾乃奉侍諏訪大神之南方鷺。

發著光的，是個女人身影。

而且，正是當年那女人。

自此時起，公房卿對自己的記憶便無半點兒存疑。

公房卿亦向劍之進表示，即使已是二十多年前的往事，此女當時的面容，對他來說至今仍是記憶猶新。

當時四下已是一片黑暗，名為八咫鴉的男子雖是一片漆黑，此女卻綻放著藍白光芒。容貌也被映照得一清二楚。

至於被問及此女生得是什麼模樣，公房卿僅表示不知該如何以言語形容，但就是能清晰憶起。

——與大人闊別多年。

八咫鴉說道：

——今見公房大人長成如此健壯

——在下甚感欣慰。

——只不過……

大人實不宜前來此地，八咫鴉向公房卿說道：

——此處有其他神明駐居。

——大人既已於安居他界。

——便萬萬不該踏足此地。

鈴。

話畢，八咫鴉便搖了一聲鈴。

聽見鈴響，原本加諸於自己身軀的束縛頓時解開，公房卿便不省人事地朝地上一倒。唯於暈厥前的一瞬間——

公房卿再次看見了那羽朝夜空飛去的發光青鷺。

只見其於遼闊的夜空中漸行漸遠。

清醒時，公房卿發現自己竟然倒臥於杖突山麓一名為舟渡石之巨岩旁。

遭逢此事後，公房卿便終止旅程，打道回府。

聽完劍之進這番陳述，老人先是沉默了半晌。

端坐老人身旁的小夜，也同樣是閉口不語。

「敢問此事——」

究竟該如何解釋？劍之進誠惶誠恐地詢問道。

老人閉著雙眼，抬起頭來說道：

「此人以八咫鴉自稱？」

「是的——請問其中可有什麼玄機？」
不不，老人雖如此回答，但嗓音中卻透露出些許動搖。
「這是何時的事兒？」
「噢，距今已有二十數年，算來應是安政年間的事兒了。在下雖不甚明瞭，但當時公房卿的歲數似乎已有二十二、三。若是三、四歲的娃兒，或許還可能是看走了眼兒，到這歲數，想必應不至於誤判才是。」
「的確不至於誤判。」
「果真是如此？但……」
這八咫鴉的確存在，老人說道。
「的確存在——敢問老隱士此言何意？」
劍之進探出身子問道。就在此時。
突然傳來一聲巨響。
緊接著，與次郎又聽見一陣咒罵，最後才聽出那熟悉的嘶啞嗓音。咒罵中起初只夾雜著幾聲咆哮，最後卻變成了粗話連篇的怒罵。
「這不是惣兵衛的嗓音麼？」
錯不了，此時傳來的，正是那莽漢的怒罵聲。劍之進說完正欲起身，但還沒來得及站穩，這下又聽見了正馬的哀號聲。
正馬這下的嗓音，聽來還頗為淒慘。

「不、不好了，矢作、笹村，你們倆若是在屋內，趕緊出來罷。」

請兩位在此靜候——話畢，劍之進便彎低身子拉開了紙門，火速衝出門外。與次郎則是朝老人與小夜各望了一眼，緊接著便追了上去。

只見一身洋裝的正馬倒坐玄關前。

「喂，你在這兒做什麼？出了什麼事兒？」

「哪、哪還有什麼事兒？我上笹村租屋處，發現裡頭沒人，心想可能是到這兒來了，便雇了人力車趕來，卻看到你正朝這兒走。當時便打算跟在後頭，看看你在打什麼主意。想不到你竟如此狡猾，打、打算瞞著我搶先一步。」

「我問的可不是這件事兒！」

劍之進一把摑起正馬的衣襟說道。

「稍、稍安勿躁，除了我，還有其他人也在跟蹤你們倆哩。發現了這幾個傢伙，我緊張得趕緊折回去，把澀谷這傢伙給找來。」

「有人跟蹤我們倆？」

劍之進鬆開了手，正馬隨即摔到在地。

「喂，別隨便把我朝地上扔好麼？沒錯，有人在跟蹤你這毫無警覺的一等巡查。待我載著澀谷趕回來時，已不見你的蹤影，便到這兒來瞧瞧。原本以為小夜小姐或許在家，未料朝矮樹叢內一探……」

便望見這兩個傢伙躲在園內竊聽你們在屋內的議論。這時，突然有個如雷的大嗓門把話給接了下去。
只見身纏襷衣（註30）、頭繫頭巾、一臉宛若山賊的兇相的惣兵衛，正扭著兩名看似文弱書生的男子的脖子，大剌剌地站在巷子裡頭。
這還真是個難得一見的場面。
「瞧這兩個傻子，竟然有膽襲擊我惣兵衛，等下輩子再說罷。」
此話一點兒也不假。只要稍稍認識惣兵衛的，想必都要作如是想。常人若不是瘋了，理應無膽攻擊他這怪物。看來，兩人還真是錯過了一場好戲呀。
話畢，這莽漢得意地哈哈大笑了起來。這景象還真像是報上或錦繪中的插圖呀，與次郎心想。
就逮的兩名男子不住哀號。其中一個額頭上腫了個斗大的包，另一個則是鼻血淌個不止，看來兩個都被狠狠痛揍了一頓。
那身穿洋裝的傢伙怎麼了？正馬揉著腰問道。
「噢？那傢伙一看到我這張臉，就一溜煙地像隻兔子般遁逃了。你難道沒盯著他？」
「誰想盯著那野蠻的傢伙？」
「哼，瞧你孬得像什麼似的。難道坐視惡漢逃逸，是西洋文化之常情？未免也太沒用了罷。倒是這兩個傢伙，不僅無勇無謀，想不到還如此不經打。」
正馬還沒來得及反駁，眉毛吊得丈高的劍之進便朝惣兵衛走去，摑起其中一個書生的下巴。
教他給挑上的，是淌著鼻血的那個。
「混帳東西，膽敢跟蹤我，目的何在？」

這書生一看到劍之進的神情，臉色旋即轉為一片慘白。雖然自與次郎的位置無法瞧見，但不難推測這平日一臉安詳的巡查大人，此時的神情想必是十分嚇人。

書生未回答隻字片語，僅任憑鼻血一路朝下巴淌。

「混帳東西，我可是個一等巡查，還不快給我從實招來？看來你還真是個大膽狂徒呀。且慢，跟蹤官差原本就是大不敬，更何況潛入他人庭園、窺探屋中景況，更是法理難容。看來，該當場將你繩之以法，方為上策。」

話畢，劍之進便放開此男的下巴，掏出了捕繩。

惣兵衛也於此時鬆手。誰知那額頭上腫了個包的男人竟然逮住這空隙，朝惣兵衛身軀使勁一撞，淌鼻血的則是一把將劍之進給撞開，沒命地狂奔起來。

「給我站住！」

劍之進正欲追上去，卻讓惣兵衛一把拉住。

「且慢，且慢。」

「放、放手！難道要坐視他們倆逃逸？」

放走他們倆有什麼關係？惣兵衛說道：

「什、什麼？就這麼放走他們倆？惣兵衛，你難道是瘋了？」

註30：著日式服裝時，為掛起長袖而斜繫兩肩，於背後交叉的布帶。

稍安勿躁，惣兵衛說道。這下兩人的反應竟與平日完全相反，劍之進一臉迷惑地問道：

「惣兵衛，這情況教人哪能不激動？不是連你自己都遭他們倆給打了？」

「雖是他們倆先動的手，但動粗的可是我。劍之進，這等小嘍囉，逮回去也沒什麼用處。既然是我動的粗，這兩人對我的攻擊便不能算數。此外，即便他們倆真曾跟蹤過你，也沒任何證據可茲證明。倘若真要治罪，也只能就兩人潛入庭園窺探一項，這哪會是什麼大罪？又不是偷窺年輕姑娘入浴，在屋內的可是個又枯又瘦的老爺子呀。」

小夜小姐不也在屋內？正馬說道。

「但可沒在入浴或如廁時遭這兩人偷窺罷？再者，他們倆不過是小嘍囉，反正也不可能知悉多少內情。再怎麼逼供，也套不出什麼話兒來。」

「話、話雖如此，但惣兵衛……」

話雖如此……劍之進轉頭望向與次郎，欲言又止地再度嘀咕道。

「總之，此事不值得在意。這些傢伙的身分，我大抵猜得出。」

話畢，這莽漢解下了頭巾。

「喂，你若是信口開河，小心我斬了你。」

「我哪是信口開河了？若我記得沒錯，那兩人應是孝悌塾的塾生。」

「孝悌塾？可就是你日前提及的……」

那孝悌塾？正馬一臉驚訝地問道。

「沒錯，正是那家塾。」

「澀谷，你怎認得出？」

「當然認得出。我曾見過教我給逮著的那兩個傢伙，逃跑了的那張臉孔也記得清清楚楚。若有需要，隨時都能將他們給逮回來。」

孝悌塾？劍之進高聲驚呼：

「這——不正是公房卿之公子所開設的私塾麼？」

名曰孝悌塾者，僅此一處，惣兵衛說道：

「的確為由良卿之子所開設的私塾。這些傢伙曾來我到場勸誘門生，長相我當然是記得清清楚楚。道場如今門可羅雀，就是教這些傢伙給害的。」

看來惣兵衛的門生果然是教這家私塾給搶了去。

「不過，這孝悌塾的塾生為何要跟蹤劍之進，並潛入九十九庵窺探？」

「這還用說？想必是為了瞧瞧你這與塾主之父親大人有關的妖怪巡查大人，究竟在探查些什麼罷。」

話畢，惣兵衛一派豪邁地哈哈大笑了起來。

【陸】

三日後的夜裡，與次郎再度造訪九十九庵。

除了有事得向老隱士報告，同時也亟欲釐清某些質疑。教那莽漢大鬧一場後，公房卿一案已被攪和得含糊不清了。

與次郎在玄關打聲招呼，小夜隨即現身，表示老人家正在等候其到來。

一如往常，老人正蜷縮著身子窩在小屋內。為兩人奉上茶後，小夜便恭恭敬敬地坐到了老人身旁。

與次郎略顯不知所措。

一時想不到該從何把話說起，最後才鼓起勇氣打開話匣子。但還沒來得及脫口，老人便搶先一步詢問情況如何了。

「情況如何？敢問老隱士是指……？」

「當然是指上回那幾位暴徒一事。」

「噢，原來是指那件事兒。咱們那使劍的所言不假，那幾人果然是孝悌塾之塾生。」

「果然如惣兵衛先生所言？」

「是的。這回果真教他給說中了。逃逸者乃一名曰山形之士族，與塾長由良公篤氏原為同門，兩人原本一同師事於某位儒者門下，算是公篤氏之學弟。如今成為公篤氏之弟子，於塾內擔任番頭。」

總之，那幾個人即為公房卿之子的門下弟子？那麼？此舉之動機究竟為何？一白翁問道。

「這惣兵衛也質問清楚了。」

「質問？難不成惣兵衛先生是……？」

「是的。老隱士想必要認為，由於門生為私塾所奪，惣兵衛心懷積怨，故對其施以一番拷問

——實則不然。噢，或許這使劍的天生一臉兇相，只要是與人面對面質問，看來大都像是逼問。據說當時惣兵衛僅向塾生們表示，自己將同東京警視局本署關說，保證絕不問其罪，藉此要求塾生們供出真相。」

這簡直是昔日地回（註31）擅長採取的手段，與次郎心想。

惣兵衛雖認為自己一味示好，但看在塾生眼裡，這質問法恐怕是更為兇險罷。

「塾生此舉，乃出於對其師由良之忠誠。其實，公篤氏之祖父，即公房卿之父胤房卿，於臨終時曾有一番遺言。」

「遺言？」

噢，其實，也不全然是遺言，與次郎更正道：

「胤房卿自維新前便臥病在床，後於明治二年辭世。臨終時期，幾乎都處於夢囈狀態。故此，其言或許算不上是遺言——」

吾人終獲至寶——

亦獲至福——

吾之至寶，汝等務必珍視之，臨終前，公家不斷重複說著這番話。

「胤房卿當時已是意識朦朧，就連看見家人長相也認不出，往事今事均混雜一氣，故無人認

註31：今意指往來於城鄉之間銷售貨品維生的商人。江戶時代特指被剝奪戶籍的無宿人，多以四處兜售香具或經營博奕營生。因其浪跡天涯的性質，常為負責維持治安之奉行所等機關吸收為線民或雜役。亦作地迴。

真看待此言。但當時年方十六之公篤氏卻記得清清楚楚，並長年對此耿耿於懷。」

「對此耿耿於懷？」

「是的。儒家對父兄之言，較常人更為尊崇。據說由良家對此之要求，也較武家更為嚴格。胤房卿雖已退隱，但畢竟是家長公房卿之父，公篤氏也是自幼便對自己身為長子，終將繼承家嗣深有自覺，故即便是祖父臨終前一番囈語，也絲毫不敢輕忽──」

至寶。

公篤氏曾向其父詢問此事，但公房卿亦表不知情。公篤氏判斷祖父應是未曾向父親提及此事，便就此展開調查。

但到頭來，什麼也沒查著。

此事竟未有任何記錄留存。

不過……

「胤房卿辭世後，公房卿便以此為契機，從此不再過問政事，並與眾弟平均分配本就不多的遺產，待家產打理妥當，便自京都遷入府內。當然，日子是較從前清苦。但公房卿似乎生性清心寡慾，絲毫不以儉樸度日為苦。或許正因其為人如此，眾弟均不吝經援供養。畢竟遺產雖少，公房卿仍有平均配分之恩。一家兄弟於維新前平分家產，改朝換代後紛紛自行創業，個個也是事業有成──」

「公房卿可有自行創業？」

「噢。華族本不諳商道，經商失敗的例子可謂多不勝數。相傳近畿一帶的土地開墾事業損失至為慘重，便是一例。據傳公房卿對此亦有聽聞，故未起經商之念。對此，其子公篤氏亦深表贊同，只因其深信重德淡利、擇名譽而棄實益，方為正道。但雖支持其父不涉商途，公篤氏仍對某事心懷不滿。」

「敢問——是對何事不滿？」

「其實，公篤氏曾遭人嘲諷。」

「是遭何人嘲諷？」

「即公房卿之么弟，官銜公胤，名曰山形。公胤氏創立一商社，據說獲利甚豐。但此人平日言辭，似乎頗為刻薄。」

言辭頗為刻薄？老人問道。

「個人認為，其言應無惡意。畢竟從不吝於經援兄長，還曾於公房卿之五子三歲時將之納為養子，看來兄弟間應無任何不睦。但不知何故，與公篤先生就是合不來。」

「是如何個嘲諷法？」

「噢，據說此人當時曾對公篤氏表示，到頭來，本家之兄反而得靠分家後之弟資助生活。就在下聽來，此言的確不無道理，言下之意，想必是暗喻正因如此，你更該勤奮幹活，掙錢糊口。但公篤氏似乎不作此解。正是衝著這番話，方才開設了孝悌塾。」

「看來是不願僅為糊口，亦不願受欲望驅策而卑屈幹活，故決意以學問立命？」

的確是如此，與次郎答道；

「可惜，此心願實難順遂。」

「敢問是何故？」

「開辦私塾掙不了多少銀兩。愈是清高傲骨，愈是無利可圖。惣兵衛的道場毫不清高，故只消聚集附近孩童一同揮幾個棍兒，便可稍稍賺取橫財。還能上警視局本署，毛遂自薦地指導劍術。若是不成，亦可找個路口揮刀賣藝，也算得上是個掙得了幾個子兒的技藝。但教授儒學的孝悌塾，不過是個供人學習孝悌忠信、禮義廉恥等聖人君子之道的場所。」

的確，儒學者多是兩袖清風，老人說道。

「沒錯。開辦私塾亦需資金。雖然生意興隆，但卻總得靠借貸方能週轉。若不仰賴親人資助，隨時可能斷炊。但既已開始營運，再加上廣獲好評，總不能就潦草結束。」

「得顧及體面？」

「想必是如此。」

還真是麻煩呀，小夜感嘆道。

「故此，公篤先生便開始打起那財寶的主意。不過，但那名曰山形之番頭表示，並非為一飽私慾獨佔侵吞，而是欲以這筆財富償還親人借貸，並免費招收門生。總之公篤先生打的，其實是這種如意算盤——」

「話雖如此，但可知那財寶藏於何處？」

小夜一臉詫異地問道：

「當然不知。不過，這下卻……」

「可是憶起了公房卿那奇妙的回憶——？」

老人以至為悲傷的口吻說道，接著便轉頭望向小夜。
「正是如此。截至此時，公房卿均未曾向其子透露此事，長年將之藏於心中。儒學者常言，子不語怪力亂神，但或許是年事已高，抑或是卸下要職，導致其心智耗弱……」
「人若是上了年紀——」
一白翁抬起皺紋滿佈的臉，語帶感嘆地說道：
「昨日的數目就變多了。明日一到，今日也就成了昨日。後天一到，明日也會成為昨日。待大後天一到，今日、明日也就變得毫無分別。同理，人只要活個幾十年，昔日的一切也就變得毫無分別。往昔的回憶與昨日的記憶，隨時可能混為一談。故此，較為鮮明、較為誘人的記憶，也較易使人憶起，浮沉於腦海中的，便悉數是此類回憶。也唯有在此類回憶中，方能找出自己曾存活於世的證據。」
這心境，與次郎似乎稍稍能理解。
雖能理解，但仍是無從體會。
想必是如此，與次郎以溫和的口吻附和道。
「總之，某日公房卿於畫報上讀到去年的火球事件，上頭載有咱們這位妖怪巡查大人，滔滔不絕地大談自老隱士這兒聽來的古今怪火奇聞，就連鳥火之說，也現學現賣地說了出來。閱後——公房卿難以按捺心中那潛藏已久的疑惑，便一度向其子提及此事。但公篤氏畢竟是個堅貞的儒學者，當然不可能相信此類怪事兒，僅回以三言兩語搪塞過去。由於遲遲理不出個頭緒，公房卿只得託人造訪咱們這位上了報、對妖怪造詣深厚的一等巡查矢作劍之進商談——」

當時與劍之進連絡者，似乎便是山形。但山形並未親自與劍之進面會，不過是受疏於世事的公房卿之託，安排面會之相關事宜罷了。

安排妥當後，山形突然感覺其中似有蹊蹺。堂堂華族，竟私下與警視局本署之一等巡查面會，究竟是為了談些什麼？難不成就是那財寶之事？

「因此，便起了跟蹤的念頭？」

「是的。再加上事後，劍之進又多方調查由良家之歷史，教此人更是起疑——」

不僅是由良家的歷史，劍之進就連前代家主胤房卿之經歷、與公房卿之身世都給查了，豈可能不教人起疑？更遑論劍之進還曾多方詢問此事與信州有何關連。

「畢竟表面上，信濃與由良家毫無關係。此番調查，當然啟人疑竇，故此，山形便決定跟蹤劍之進。眼見咱們這位矢作巡查大人對有人尾隨渾然不察，分明一無所獲，卻還匆匆忙忙趕赴此處，想必是查獲了什麼線索，因此便耳貼紙門，屏氣凝神地逐句竊聽吾等言談，但由於過於專注，便為火眼金睛的正馬所察，又為咱們那粗野劍客所捕。」

此舉頗為無禮，話沒說完，與次郎又連忙更正道：

「噢，雖然無禮，但箇中並無惡意，動機純然是為助其師公篤氏擺脫困境。至於這是仁是忠，小弟才疏學淺，就無從分辨了。」

原來如此，老人頷首問道：

「那麼，公篤先生是否已知悉此事？」

「是的。山形表示，已告知其師財寶藏於何處。自信州上田溯千曲川岸而下，至松原一帶，自一巨石山巔入一山——應為蓼科山或天狗岳，財寶即藏於山中某一溼地。」
「噢。不過，山形先生是否曾告知其師，是自何處打聽來的？」
「似乎是謊稱無意間自公房卿與劍之進之言談中聽來的。」
「儒者也會撒謊？」
「是的。重信義乃儒者之本分。倘若跟蹤、竊聽一事為師所察，重者恐有遭破門之虞。更遑論其所質疑之對象，竟是師兄兼恩師公篤氏之父。山形懷疑公篤氏之父或許知悉藏寶處之線索，不過是佯裝毫不知情。」
「此人是認為，公房卿就連對其子都刻意隱瞞？」
「欲欺敵，必先欺己——山形似乎認為公房卿打的是這等主意。之所以將家產平均配分予其弟，並非出於清心寡慾，不過是為安撫親人之偽裝，並私下盤算日後再起出財寶獨佔之。為此，必得佯裝對財寶毫不知情，當然也不可為其子所知悉。」
「原來如此。但聽聞此事，公篤氏有何反應？該不會是褒獎山形做得好罷？」
「聽聞此事後，公篤氏大為震怒。」
「大為震怒？」
「是的，不過這番舉措可謂出於一片好意，想必公篤氏應不至於嚴厲申斥。但山形先生仍甚感惶恐。故此，不住哭求惣兵衛切勿將實情告知其師。對山形先生而言，遭破門似乎較遭官差逮捕更為可怖。」
原來如此，老人說道，矮小的身軀似乎稍有動搖。

「看來這理由，公篤氏應是聽不進去？」

關於這點——

似乎也不至於如此，與次郎說道：

「聽聞此事，據說公篤氏認為其父並非有所隱瞞，而是真不知情。亦即公篤氏判斷——公房卿從未認為那記憶與財寶之間有任何關連。」

「噢？」

聞言，老人皺起雪白雙眉。

「那麼——聽聞弟子這番稟報，公篤氏這下是否認為真有這筆財寶？」

「或許如此。不過，是否如此認為，可有任何關係？」

這下可麻煩了，老人說道：

「根本沒有什麼財寶。」

「沒有什麼財寶——？」

老人神情略帶失落地笑道：

「那地方什麼也沒有。當時沒有，如今也沒有。」

「老隱士此言何意？」

「噢，實不相瞞，老夫當時也在場。就藏身樺樹林中，親眼目睹胤房卿抱回年幼的公房卿的光景。」

除老夫之外，又市先生也在場——老人，也就是山岡百介說道。

「又市先生？難不成……？」

「沒錯。那不過是一場局。」

果然。

——是如此。

與次郎不禁嚥下一口口沫。

「敢、敢問這究竟是一場什麼樣的——？」

或許不宜如此深究？

先生果真是愛追究呀，老人百介目不轉睛地端詳著與次郎半晌，接著才說道：

「老夫年少時，也如先生一個樣兒。老是兩眼圓睜地向人詢問，對一切均深感迷惑。即便如今已是個來日無多的老翁，依然是滿腔迷惑。故先生這心境，老夫完全能了解。」

關於此事——

老人闔上雙眼，開始陳述了起來。

【柒】

那回——

應是老夫曾參與的最後一場局。

唉。

事後，又市先生似乎又參與了某場規模龐大的差事，從此自老夫眼前消失。由此推論，這應是北林那樁大事件後四年的事兒了。

沒錯，劍之進先生日前所作的推測，大抵都說中了。真不愧是位明察秋毫的慧眼巡查。

但那番推論是否悉數言中，可就令當別論了。其中仍有些許誤判。

遺漏的，是與亂房卿相戀的姑娘之出身。事實上，亂房卿的對象，並非什麼地方鄉士之女。

是的，那是一場門不當、戶不對的愛戀。

不過，其實也可說是——一場謀略。

唉，除此之外，實在找不到更妥當的言辭形容。

乍看之下，我國如今已是個統一國家，事實上，骨子裡並非如此。一如前回老夫曾提及的山民，仍有不少不受朝廷或幕府管束的居民，於國境之內生息。

為數雖少，亦不乏崇拜與朝廷所祭祀之神明有別之神祉者。例如諏訪一帶祭祀的古神，至今仍不乏人信仰。

只消細心追查便可發現，此類古神實仍為數眾多。

是的。倘若一地祭祀的神明與他處有別，就某種意義而言，便算得上是另一國家。但隨融合、摩擦、與吸收，骨幹可能隨之掏空，或以各種形式妥協變化，然其中可能仍有部分堅持拒絕妥協。

在此類拒絕妥協者中，曾有與朝廷結下深仇大恨者。而我國祭祀神明之大宗，乃天子是也。

是的，故此。

朝敵（註32）——這字眼聽似指涉幕軍，但亦泛指自古便與朝廷有舊仇舊恨者。

這類朝敵，或有部分依然存在。

不不，老夫所指，並非如此晚近。

例如出雲之神，不是曾有讓國天孫之傳說？

此一傳說，可上溯神代（註33）。

沒錯，這已是遠古神代的故事。但的確不乏堅持此類神明爭鬥，誓不退讓者。

是的。正是如此。曾有某一部族，試圖向天子尋仇——此事之發端，即肇因於此。

什麼？是否如此嚴重？

噢，嚴重或許稱不上。不過人之行止，於任何時代均是大同小異，神明亦是如此。

總之，請姑且相信真有此一部族存在。

當年，正值行將改朝換代之時。噢，距維新萌芽雖仍有三十年，但的確稱得上是巨變前夕。各地動亂頻仍，硝煙四起。幕府政權之基礎業已開始動搖，想必已是不難看出。

先生對此有所質疑——？不過，當年的確是如此。

噢，與次郎先生年歲尚輕，或許無從體會。

與次郎先生畢竟是生於幕末，長於幕末。想必難以想像曾有長治久安、天下太平之世。

註32：指與天皇及朝廷敵對之政治、軍事勢力。平安時代的平將門、鎌倉時代的足利尊氏均曾被指為朝敵。幕末維新時代的朝敵則有長州藩、德川慶喜主導的幕府、以及支持幕府的會津藩、米澤藩等。維新後，朝敵通常指幕府軍，簡稱幕軍。

註33：於日本史中指神話時代，即傳說中之神武即位前的紀元前六〇〇年以前的時代。

老夫則是於安定治世中渡過人生前半，能親身經歷改朝換代，原本根本是無從想像。但後半可就不同了。

這感覺，活像原本立足的船上，傾刻間竟化為船底。總之，腳下與大海僅一板之隔，隨時可能傾覆倒轉。

或許為數尚少，但已有部分百姓預測，幕府或有可能倒台。

是的。如此一來——亦不難想像坐鎮京都之天子，屆時或可能成為倒幕之盟主。但對老夫曾於稍早提及之對天子懷恨在心者而言，這絕非好事。

沒錯，正是如此。此部族想必認為，待幕府傾覆、天子隨王政復古取回政權後，將是為時已晚。不乘此時放手一搏，更待何時？

唉。

此事之發端，即此部族將一位姑娘送入宮中，試圖取天子的性命。誰知這姑娘竟——

沒錯。

竟與胤房卿——

正是如此。兩人之間，竟萌生愛苗。

一切便因此變得錯綜複雜。

這姑娘原本的盤算，想必是欲利用胤房卿，藉此接近天子。

但不知不覺間，卻對胤房卿動了真情，甚至還懷了胤房卿的骨肉。

是的，正是如此。

總而言之，這下也顧不得對方是敵，自己是奸細，畢竟兩人原本就是門不當、戶不對，這姑娘只得偷偷將娃兒給生下。產後，便自京都銷聲匿跡。

噢，正是如此。

自始至終均不知實情的胤房卿，當然對此女的突然消失感到大惑不解，僅能以門不當、戶不對徒留遺憾解釋，教胤房卿悲傷得難以自已。唉，或許是思戀有之，愧疚亦有之。除此之外，胤房卿還是個少見熱愛孩兒的爹。

正是如此。

多方搜尋，也找不著人。

哪可能找得著？

找了三年依舊一無所獲，胤房卿便決定透過出入其宅邸的座頭（註34），委託江戶的小股潛代為尋人，並用盡一切手段籌措一筆銀兩。這座頭，正是公家大人與又市先生等無宿人的溝通橋樑。

自此，又市先生便奉託搜尋此女與娃兒的下落。

又市先生神通廣大，原本就不乏各種探聽管道，消息自然靈通。不出多久，便教他給找著了。

唉。

找著時卻發現——

沒錯。又市先生發現，將這姑娘送入宮中的，竟是個意圖行刺天子的部族。唉，而且，還不

註34：江戶時代盲人階級之一，亦廣義地指按摩師、針灸師、或演奏平曲的琵琶法師等。

是個單純的朝敵。

當然不單純。這部族對天子懷的宿怨，絕非僅僅一、兩百年的舊仇，而是自神代持續至今，仍無法消弭的深仇大恨。

是的。經過一番調查，又市先生發現那姑娘攜子返回了故里。這部族習於漂泊度日，總是遷徙於群山之間，當時正於距京都不遠處之葛城山一帶落腳。

沒錯，不出多久，這小股潛便找著了這部族的蹤跡。不論是修行者、賣鐵商人、轉場者、毛坊主（註35）、缽叩（註36）、還是山貓迴，都常與又市先生互通有無。

這姑娘人是回去了，但堅不透露娃兒是和誰生下的。

僅謊稱於道路上遭人玷辱成孕，出於孩兒無罪而不忍墮胎，只得辜負族人所託，未能建功便提前折返。

唉，若是供出真相，娃兒的性命註定不保。

對情郎、族人均得隱瞞真相，想來也真是無奈。為此，小股潛想出了一個妙計。

沒錯，便是依其慣用手段設局。

是的，這回的局，仍是將一切佯裝成妖物所為——以圖圓滿解決此事。

遺憾的是。

這回卻出了點兒岔子。

噢，並非又市先生有了什麼閃失，而是那部族起了內鬨。

不不，以內鬨兩字形容似乎有失穩當。其實，是部族內主張持續出手的激進一派、與主張靜待時機成熟的穩健一派起了爭執。噢，正好比忠臣藏舉行赤穗城開城評議，不也分裂成了尋仇與殉死兩派？

此時，這姑娘為激進派所懷疑，經過一番詰問，終究還是將真相全盤托出。

只因娃兒衣上，印有由良家之家紋。

沒錯，事跡便因此敗露。

這娃兒原來是京都公家之私生子。

真相敗露後，這可憐的姑娘便慘遭殺害。如此下場，可真是淒慘呀。

唉。

幸好娃兒保住了一命。噢？不，或許族人認為這娃兒遲早派得上用場，打算藉子脅迫胤房卿供其擺佈罷。唉，事實上，那姑娘並非遭到肅清，而是拷打者出手過重，才導致其殞命的。

唉。這些族人本非惡徒。不過是對其信念深信不疑，導致出手過當而已。不過哪管有大義名分，殺人畢竟是殺人。

這下，事態已是刻不容緩。

故此，又市先生便設了一個可同時欺瞞雙方的局。

又市先生先是邀來幻術師德次郎，成功騙過眾族人。

註35：不剃度，除廟職之外，亦兼農、獵等外職的半俗半僧之僧職。

註36：敲鉢誦經或演出念佛舞以換取佈施的僧侶。

是如何騙過的？
就是讓又市先生扮演神明。
說來還真是不敬。又市先生這慣以護符擤鼻、以經文拭手的無信仰之徒，這下竟化身成神明。
沒錯，正是這部族所祭祀的神祉。
此神名曰建御名方。
沒錯，即讓國神話中之大國主命之子。對了，諏訪神社亦祭有此神。
不過，此名曰南方眾之部族，祭祀建御名方之方式似乎與他處有別。據傳，此部族供奉之神體，乃建御名方之頭骨。
又市先生向此部族下諭道：
——本神乃建御名方。
——凡祭本神者，必洗耳恭聽。
——同族相爭，至為愚昧。何況以同族之血玷污大地，更是大不敬。
——為此，本神將賜罰汝等。
沒錯，這神明大為震怒。首先，又市先生向殺了姑娘的一夥人說道：
——盡蒐吾骨。
沒錯，這神明表示，自己的屍骨分葬諸國，命這夥人前往各地探尋挖掘，將之悉數蒐齊。
噢？神明可有骨頭？
問得好。依常理，當然是沒有。不過，此部族宣稱自己供有此神之頭骨，當然深信除此之外，尚有其他骨頭流散他處。

不過，又市先生這命令絕非空穴來風。方才老夫亦曾提及，又市先生與諸國山民均有聯繫，或許曾聽說此部族確有類似傳說。

總而言之。

唯有藉此，方得以將立場較為強硬者驅至遠方。噢，聞言，這夥人立刻上路。畢竟大夥兒都聽見了神明親口降諭，只消將骨頭湊齊，神明便可重返人世。

這假神諭的目的，實乃抑制過於激進之行動。較之取天子性命，先將骨頭湊齊方為當務之急。總之，這些骨頭哪可能真找得著？更遑論得悉數湊齊。但較之冒搏命之險草率復仇，先行蒐骨聽來似乎要穩當許多。

沒錯。畢竟神明已親自言明，只要成功蒐齊神骨，自己便將復活代族人復仇。這提議聽來，當然是較為確實。

接下來，又市先生又向剩餘的族人表示：

——汝等必以犧牲供奉本神。

——須赴本神之聖地，奉上生人獻祭。

——並駐留該地，靜待悉數蒐齊之神骨歸返。

——事成之後，本神將重返現世，再度治理此國江山。

言中提及之犧牲得是個娃兒，即年幼的公房卿。

至於聖地。

沒錯，正是信州之深山。
族人對這番神諭當然是深信不疑。南方眾便自信州抬轎將公房卿送過一山又一山，最終抵達了蓼科山。
當時，阿銀小姐已在該地等候。
是的，這回阿銀小姐扮演的，是個神差，即御先。
沒錯，即南方鷺。
是的，族人當然相信。
畢竟神諭中已告知將有神差於該處等候。
這下，阿銀小姐便恭恭敬敬地將那犧牲……
也就是公房卿給搶了回來。
南方眾便於附近山中落腳，等候神骨到臨。
另一方面。
唉，至今想來，此事依然教老夫直打寒顫。其實又市先生竟……
唉。
竟也欺騙了天子。想來還真是膽大包天。
唉。某夜，又市先生扮為神明，降臨天子寢居。噢，此時用的，當然亦是幻術。這假神明，對天子降了如下神諭。
——於巽之方角。

——有一失子之公卿。

——藏其子者非鬼。

——乃棲於信州蓼科山中一尊貴神鷺是也。

——此鷺呈人女之形，抱有一兒。

——若向此鷺討回此兒。

待其長成，必將助皇室一臂之力——此番神諭，彷彿是預言德川之天下即將傾覆，錦之御旗（註37）將再度翻騰。

這還真是個瞞天大謊。

豈不是麼？

不過，老夫方才亦曾提及，幕府統治之基礎，已隨改革、飢饉、與地震而有所動搖，這倒是千真萬確。

但依當時之時局判斷，若是不分青紅皂白宣揚倒幕思想，人頭隨時可能落地。

沒錯。

故此，這番神諭聽來極其實在，絕不似胡言亂語。

註37：朝廷軍（官軍）所用之繡或繪有金日、銀月的軍旗。正式名稱為錦之御旗，又名菊章旗、日月旗。征討朝敵時，天皇有將此旗頒予其將之慣例。

註38：亦作御布令，政府對一般民眾發佈的布告。

隨後，天子便於隱密裡頒佈了御觸（註38）。

但當然是找不著這麼個公卿。這也是理所當然，畢竟由良家賣力隱瞞此事，抵死不願招認。不過，又市先生對此當然也有所算計。

這下，便輪到老夫出場了。

噢？不不，老夫可不擅長作戲，當時亦不過一身平素打扮。

是的。老夫便動身造訪由良宅邸，自稱乃小股潛之僕役。噢，這點倒是與實情相符。當時，老夫向胤房卿通報道：

——大人欲尋之女，並非凡間常人。

——乃尊貴之天人是也。

老夫所言，均依又市先生事前囑咐。

沒錯。老夫亦表示，此天人業已回返天界。雖已回返，但天神業已為大人思子之情所動。故將遣一神鷺降臨信濃山中，將公子歸還大人——

唉。這簡直是一派胡言，常人哪可能採信？

但胤房卿聞言，卻是深信不疑。

畢竟曾見天子所發佈的御觸。

而老夫所言及之場所等，均與該御觸內容相符。

信濃山中、神鷺、娃兒。

而該御觸僅於隱密裡流佈，老夫這般賤民，理應無緣聽聞此事。

不過，那御觸實等同於由老夫這一介賤民所發佈的。

唉。

聽聞老夫所言，胤房卿深陷苦惱。但畢竟對天子不得有所欺瞞，故也僅能做好遭斥責之覺悟，將實情全盤托出。

誰知，天子並未加以譴責。

反而是龍心大悅。

畢竟胤房卿所言，與該神諭完全相符。

天子立刻遣兩、三名隨從，隱密裡伴由良大人趕往信濃。噢，此行雖無須保密，但背後畢竟不乏倒幕之動機。當年，雙方表面上畢竟得維持良好關係。之後的三十年間，幕府與朝廷均能相安無事。皇女降嫁德川家，也是多年後的文久二年的事兒了。

沒錯。接下來所發生的，悉數如先生所知。

當然，老夫亦得以與一行人同行。當時又市先生業已抵達蓼科山山麓一帶，看來一切均已布置就緒。

噢，當然需要安排老夫這麼個嚮導。可別忘了其中畢竟有玄機。

總之。

該處果然與公房卿之敘述吻合，與其說是個神聖之地，將之形容為天涯海角更是恰當。

是的。

在一片遼闊荒地中，只見一女渾身發光，手抱一名稚子。

見狀，房卿與諸隨從個個看得瞠目咋舌。這也是理所當然，畢竟此景是如此怪異。
沒錯。
該女正是阿銀小姐所扮的。
當時不過是穿上塗有顏料之單衣。唉，若不如此，看來便不過是個常人。欲讓人信之不疑，非得有所準備不可。
隨從欲上前一探究竟，但教又市先生給制止住了，僅催促胤房卿隻身上前。
沒錯，這也是料到將有隨從同行，而於事前安排的戲碼。
黃昏時刻的深山荒地，一女大放青光，一公家於其跟前伏首跪拜。自遠處觀之，這的確不似人世間的光景。
噢？當時阿銀小姐對胤房卿說了些什麼？這老夫可就不知了。
當時老夫是一句也沒聽見。不過對胤房卿而言，對方是天人遣來的高貴神鷺，再加上自己又是奉敕命前來。
故此，哪敢不伏首跪拜？
在阿銀小姐將娃兒遞予胤房卿時，又市先生搖了一聲鈴。
——御行奉為。
是的，這句老夫可是聽見了。當時四下一片靜寂，再加上原本全神貫注地想聽聽阿銀小姐究竟在說些什麼，這下心神當然被又市先生給吸引了過去。此時，那鈴聲聽來是如此響亮，就連龍房卿都不禁回頭。

眨眼間。

阿銀小姐迅速藏身，換上一隻碩大鷺鳥振翅高飛。

是的，一隻煥發青光的鷺鳥，大家都瞧見了。

沒錯，這當然是事先布置的。

阿銀小姐身後掘有一穴，而事觸治平就藏身其中。

是的，正是如此。

治平先生是個馴獸高人，不過也不記得是在此事之後翌年、還是兩年後，就辭世了。

一聞鈴聲，阿銀小姐便朝穴內縱身一躲。

沒錯，正是如此。

不過是人鷺替換罷了。

鷺鳥的羽毛上抹有發光顏料。刻意使其發光，是為了讓隨從們均能清楚瞧見鷺鳥飛離的身影，同時也讓一行人確實認為，這隻飛鷺就是阿銀小姐幻化而成的。

沒錯。謎底一揭，就毫不稀奇了。

雖然如此，但對眾在場者而言，這絕對是人世間不可見的異象。畢竟眾人均知天子曾收到神諭，大夥兒當然認為這光景與神諭果然相符，豈容人不信？

治平先生曾言，越是瞞天的大謊，越是不易教人拆穿。

畢竟這場局設得之大，就連天子都給捲入其中，豈容眾人不信？

只見胤房卿抱著娃兒，朝天際仰望了好一陣——噢，其實就連包括老夫在內的所有人，均抬頭目送鷺鳥飛離。

不不，老夫之所以如此，不過為這局設計得竟是如此巧妙感到由衷佩服。至於隨從們，則是個個看得渾身打顫。

觀畢，胤房卿這才走了回來，向又市先生誠懇致謝。

——感謝師父大恩大德。此兒確為吾子無誤。

唉。

這安排是如此天衣無縫。

就連娃兒穿的，都是繡有由良家紋的衣裳。

畢竟已事過三年，憑娃兒的長相根本無從判別真偽。噢，不過這娃兒，真是胤房卿的骨肉便是了。

是的。

事後，胤房卿平安歸返。

沒錯，誠如先生所推測。

全事經緯被嚴加保密，未曾留下任何記錄。

豈可能記載這種事兒？別說是正史，就連野史也不可能。噢？不，並非因此事荒誕無稽。只消仔細閱覽，不難察覺就連官方正史中，亦充斥不少荒誕記述。噢？沒錯，只因其中蘊藏倒幕動機，故非得徹底保密不可。
僅有坊間傳言殘存。
即巷說是也。
沒錯，即那指公房卿實為妖魔之子的巷說。
可見人言是何其可畏。
唉。
不過，公房卿受到至為親切的呵護。
沒錯。亂房卿原本就是個惜兒的爹，想必是個善心之人。想必正是出於這點，又市先生方才設計了這麼個局。
若非如此，結局可就不堪設想了。
噢？
那筆財產在何處？先生可是指那筆財寶？
噢，事實上——
壓根兒就沒什麼財寶。
事後，由良大人的確開始過起安泰的日子。不過，這並非因由良家獲得了什麼財富，不過是因朝廷自此對公房卿關照備至使然。
畢竟——此兒乃天女之子，待其長成，必將助皇室一臂之力。
沒錯沒錯，正是這道理。

是否有實際的經濟援助，這老夫可就不得而知了。但看來應是獲得了特別禮遇。總之，真相既已完全保密，詳情自是無從知曉。噢，既受特別禮遇，想必遭嫉亦是在所難免。先生說是不是？畢竟無人能得知由良家獲此禮遇的理由，惡意揣測當然難止。

唉。

總而言之。

所謂財寶，即公房卿是也。

【捌】

聽聞百介的陳述，與次郎露出一臉複雜神情。

這神情看似心服，但似乎又有那麼點兒古怪。問他是怎麼了，與次郎這才有氣無力地回答道：

「如此看來，公篤氏完全是誤判了。」

「正是如此。總而言之，此事中壓根兒沒什麼財寶，若硬是要說有——或許也僅有滯留附近的南方眾視為珍寶的建御名方頭顱算得上罷。而且還不知這東西是否真的存在。畢竟已是數百年前的往事了，這頭顱是否真傳自當時，老夫也無從得知。」

唉，與次郎再度嘆息道：

「這故事未免也太……」

「沒錯，的確是荒誕無稽。不過，當年對眾當事者而言，可是千真萬確的事兒。至於出外搜尋剩餘骨片的族人事後究竟如何，雖不認為真有這麼些骨片，但老夫倒是頗為在意。」
又市先生可真是個罪人哪，百介說道，看來應是真的如此認為。
骨片想必是沒有，與次郎說道：
「即便真有這麼些遺留自神代的骨片，也想必九成九是贗品。在下通常什麼都信，但真有神明遺骨這種事，想信也是無從。不過，老隱士，又市先生的預言果真是言中了。到頭來，公房卿在推動尊王攘夷上，可是居功甚偉呢。」
「可是如此？」
百介可不這麼認為。
對政事，公房卿根本是毫無興趣。
百介認為，不過是因這奇特的出身，使眾人對其寄與超乎必要的厚望，到頭來被迫居此位職罷了。
事實上——較之家格、立場均大同小異的東久世通禧卿的耀眼活躍，公房卿未曾有任何引人側目的建樹。文久三年的政變時，以東久世卿為首的七位公家曾遭罷黜並貶居長州，唯獨由良公卿未蒙此難。
王政復古後，原遭罷黜的七卿迅速歸返中央，開始著手施政。不過由良卿既未追隨，亦未有任何耀眼表現，教人感覺不過是淡泊地盡一己之職守。維新後，便立刻自政界抽身。
棄現實而擇想念，棄未來而擇過去，棄此岸而擇彼岸。
據說公房卿好雲遊，亦酷愛閱覽書卷。如此個性，想必絲毫不適合從政。

百介感覺公房卿與自己似有幾分雷同之處。

而在與次郎身上，百介也嗅到了同樣的味道。

實情老夫並不清楚，百介說道。

「不清楚？」

「是的。畢竟有太多真相，外人無從得知。」

此言的確有理，與次郎說道：

「唉，只能說，此人命運實屬奇特。公房卿雖有個超乎常理的出身，本人對此卻是毫不知情。唯一知情者……」

「僅老夫、先生、以及……」

又市。

且慢，與次郎伸手制止了老隱士把話給說完。

「怎麼了？」

「倒是，公房卿於二十年後再次造訪蓼科山，當時遇上的八咫鴉與青鷺究竟是——？」

「噢。」

——在下名曰八咫鴉。

那——

正是又市。

即自百介眼前銷聲匿跡之御行又市。

自蓼科歸返後，又市又設了個規模宏大的局，並於北林城山目睹御燈小右衛門之死，接著便自百介眼前消失了。

臨行前，又市易名為八咫鴉。

又市自此音信途絕。百介亦不再雲遊，從此定居江戶，規矩度日。

那正是又市先生呀。

話畢，旋即潸然淚下。

「是又市先生？但老隱士，都已過了二十年，何必又——？」

又市先生就是如此為人，百介說道：

「凡是自己曾經辦的差事，都會一路辦到徹底。又市先生就是這麼個性子。想必二十年來，仍不忘時時關注公房卿之動向。稍早亦曾提及，助又市一臂之力者甚眾。無身分者、山民、水民、皆願助這小股潛——不，八咫鴉一臂之力。」

「亦即，公房卿長年受其監視？」

「這並非監視。」

沒錯，這豈是監視？

「毋寧說是——關切，或許較為妥當。」

「關切？」

「是的。與次郎先生，有時憑一張紙頭、一番唇舌，便能完全改變某人一生。又市這小股潛經辦的差事，多屬此道。因此既須有所覺悟，亦須徹底盡責。有時一句無心之言，或未經思索的舉動，便能輕易判人生死。而又市先生也深諳這道理。對此，老夫便一向是甚為輕率了。總而言之，既然設局形塑了公房卿之出身——」

「的確，若無老隱士與又市先生這般居中調度——公房卿的人生想必將截然不同。」

「沒錯。故對又市先生而言，自己既已插手，倘若此人步入不幸，這差事便等同於失敗。在顧此便要失彼、教人束手無策的形勢中，尋個法子做到兩全其美，使一切獲得完滿解決——乃是小股潛這行的行規。」

「因此長年保持關切？」

想必，的確是長年關切。

「看來應是如此。倘若真相為南方眾所知悉，不難想見一族恐有加害公房卿之虞。對此，實不得不有所防範。」

沒錯。又市最不樂見，不，甚至該說是最為恐懼的，便是自己經辦的差事有了閃失而致人喪命。

「這純屬老夫個人推測，但又市先生應是聽聞公房卿出遊信州，旋即動身追趕其後。畢竟，難保不會發生什麼意外。」

「但老隱士，信州——不是沒有任何東西？」

「是的，財寶是沒有，但可有些人。」

「可是指南方眾？」

「沒錯。當時，南方眾或許正滯留於公房卿旅途中之某處。任誰都不樂見公房卿與其有所接觸。噢，山民通常不與百姓交流，但公房卿這趟旅途可是有點兒……」

有點兒敏感？與次郎問道。

當然敏感。

箇中道理百介清楚，原以為與次郎也猜得著。

「到頭來，公房卿果然還是入了山。雖未遇上南方眾，但還是尋著了當年事發之處。」

「原來如此。倘若於該處憶及了什麼而開始探查——可就不妙了。」

「沒錯。一旦動手探查，絕對查得出些什麼。如此一來，真相恐將大白，現實將隨之淪為謊言，當年一場騙局便形同虛設。若無法徹底隱瞞真相，小股潛的妙計便不過是個平凡謊言。欲將謊言化為現實，唯有一路欺瞞到底一途。」

總之。

人生在世，本是傷悲。

故此，又市決意——

「因此，便決意再次設一場神鷺的局？」

「沒錯。如此一來，公房卿便不至於再有任何質疑。事實上打從那回後，公房卿便不再四處雲遊了。」

一如自己，百介心想。

「當時，仍是又市先生扮神鴉，阿銀小姐扮神鷺？」

「這老夫就無從得知了。」

話畢，百介垂下了視線。
又市當時尚在人世，至少也活到了二十數年前。而直到當時，又市仍一如往昔——
難不成……
又市也曾在暗中……
關切百介？
看來，這小股潛是一點兒也沒變。
若是如此，或許直至今日——
又市仍在暗中關切著自己？
百介抬起頭來，眼神茫然地舉目仰望。
小夜小姐，接著又喚了一聲。
「第二回的神鷺，或許正是妳娘扮的呢。」
的確有此可能，小夜低聲回答。
與次郎沒再追問下去，僅以柔和的語調應和道：
原來如此。

風神

乘風四處飄遊，
遇人，
便口吐黃風，
遭此風吹拂者
必患傷寒。

——繪本百物語／桃山人夜話卷第伍・第參拾玖

【壹】

昔日。

曾有種名曰百物語的遊戲。

也不知是什麼人開始的，總之好論鬼神者、好事之徒常以此作樂。

既是遊戲，應是好玩有趣、教人愉快。但這遊戲似乎不僅是愉快而已。

同時，還有些駭人。

這百物語，乃是由與會者在一夜之間說完一百則駭人、奇妙鬼怪故事的怪談會。

不過，也不僅是一場怪談會。

相傳，在話完第一百則鬼怪故事後，將起某種異象。故此，這百物語，其實是個為製造異象而行的駭人咒術。

至於是何種異象。

原因，

及理由——

均無從探究。

既為異象，必是超乎人知。凡人無從干預，亦無從理解。

總之，行百物語之目的，便是以人自身之力製造異象。

風神

古人嘗言，談鬼見鬼。

以人自身之力製造異象。

召徠災厄。

喚醒妖物。

即為行百物語之目的。

只不過。

這異象究竟為何、召徠的究竟是何種妖物，始終無人知曉。

有人云，將有鬼怪現身。

亦有人云，將有亡魂到來。

更有人云，將有災厄降臨，恐將奪人性命。

即便是與會者之親友，亦難逃此詛咒波及。

但論及真相，始終無人能知。

人云，既是遊戲，或許無人真正說到最後一則。亦有人云，即便說到最後一則，也多因心生恐懼而中途打住。更有人云，說完最後一則後，與會者悉數命喪黃泉。不過這些個說法，也僅止於言傳臆測。

　總之，真相從未有人知曉。

隨時代物換星移，世人開始認為，此類言傳純屬無稽。

百物語自此不復流行。

風神

某日。

幾位賢人智者群聚，聊得天南地北，聊著聊著，漸漸觸及了鬼怪話題。言談議論間，忽有一人提議，何不探探昔日曾流行一時的百物語傳說是否屬實。

藉此瞧瞧是否真能製造異象，若真有，又是什麼樣的異象。

這倒是個試膽良機，眾人便相約擇日再聚，依傳說法式行百物語。

這法式並不困難。

眾人於一月色昏暗之黑夜齊聚一堂。

於一盞青紙燈籠內插入百支燈蕊，點燃幽幽燈火。

待燈火將房內染成一片陰藍，在座者便開始輪流敘述奇聞怪談。

有的奇妙，有的可怖。

一則話畢。

便拔除一支燈蕊。

一則話畢。

復拔除一支燈蕊。

房內本就青光籠罩，隨燈蕊減少，益顯昏暗。

眾人打從心底對此傳說嗤之以鼻，無一信此遊戲將起異象。不論說了幾則，也絕無可能發生任何怪事。世間本無鬼神，更甭論光是談鬼論妖，便可能引發異象——眾人雖明白這道理，但人人心中仍是疑慮尚存。

怪談若非虛構，便是遠古往事。即便真曾發生，或乃敘述者親眼所見、親耳所聞，均僅為此人之經歷。聽來或許駭人，但畢竟事不關己。一切端看敘述者如何描述。話術即詐術，哪管再可怖，虛構故事畢竟非真。

不過。

倘若真起異象，可就不再是事不關己。故此，每個與會者不僅心懷幾分疑慮，同時亦心懷幾分畏懼。

最後。

黑夜將盡，房內變得更形昏暗，幽幽明月，僅存一絲光明。

最後一人終於話完第一百則故事。

剎時。

突有一陣輕風吹起。

還沒來得及拔除，最後一支燈蕊便教這陣輕風給吹熄。

如此而已。眾人靜候片刻，依然不見任何異象。與會者先是一陣洩氣，接著痛罵聲此起彼落，紛紛抱怨此說果真是荒誕迷信、信此說者真是愚蠢至極、如此期待竟撲了個空、或為心懷疑慮感到汗顏——

不過。

房內本是密不透風，這陣風究竟自何處吹來？最後一支燈蕊，為何碰巧於說完百則怪談時熄滅——？

眾人認為不過是輕風一陣，既不可怖，亦不擾人，哪算得上什麼異象。起這陣風，純粹出於偶然。

無人察覺其中實有蹊蹺。

這陣風，乃是風神所吹。

自此，神鬼悉數離去。

從此不復降臨人世。故此，如今不論敘述多少怪談——

均無從召徠任何鬼神。

【貳】

延享初年，廄橋之御城內有青年武士輪值守夜。一夜天降大雨，諸士群聚一處，聊起怪談。內有一名曰中原忠太夫者，為人膽大果敢，與在座先輩論及世上究竟有無鬼神，久久不得結論，便提議不如趁今夜陰雨，以所謂百物語測度是否將有妖怪現身。聞此提議，年輕氣盛之諸士紛紛同意。眾人便以青紙覆燈口，置於五房外之大書院內，旁立一鏡。燈內依傳說規矩插有燈蕊百支，話畢一則，拔除燈蕊一支，先取鏡觀己顏，便可退下。因不可點燈，其間五房一片漆黑。眾人便依此法進退——

且慢，劍之進打岔道：

「與次郎，這是份什麼樣的文獻？」

「什麼樣的？此言何意？」

文獻不也是林林總總？這位巡查捻著添了幾分威嚴的鬍子說道：

「可知這份究竟是虛構的故事，還是隨筆什麼的？」

不就是怪談？與次郎回答。

這下再怎麼追究下去，也是毫無意義。

管他是誰敘述的、誰聽了記下的、何時於什麼樣的情況下寫成的——只要冠上一個怪字，這記述也就不值採信了。

與次郎心想，哪管是正史還是野史，加上個怪字，必定是出於某種理由。姑且不論這是個什麼樣的理由，或許是事情本身怪異——不怪異怎麼成？也或許是為顧及作者或讀者的體面什麼的，才刻意冠上了這麼個字眼兒。要不哪管是巨木迸裂還是墳塚鳴動，其實均可視其不足為奇。為了不教人遺忘此事而冠上個怪字，在任何情況下想必都有個大義名分。但營造這大義名分的背景，是會隨著時代改變的。

因此，一樁怪事兒為何被描述成怪談，常教人難解。

如此一來，事情就真的顯得怪了。

故此，此類記述悉數被歸類為怪談。

教惣兵衛一笑置之、教正馬嗤之以鼻、教劍之進煩惱不已的——怪談。

「雖說是怪談……」

這下，劍之進果然又蹙起了眉頭，鼓起了鼻翼。

怪談就是怪談，與次郎正言厲色地說道：

「這記述是否值得採信、正確無誤——也就無須過問了。怪談就是怪談，是某人所杜撰的怪異、離奇故事，總之，不過是供人消遣的閒書。論詳情我雖不清楚，但從《怪談老杖》這書名看來，這應是冊如假包換的怪談，一冊蒐集諸國奇聞異事的書卷。」

「這老杖——是什麼意思？」

「第一卷的第一則故事叫做杖靈，序文提及書名就是依這則故事起的。根據序文，這冊書卷是自豐後一名曰逍遙軒太郎者，其生前撰寫的文章中，挑出奇聞異事的記述編纂而成的。此類記述之真偽，當然是無從查證。據傳，本書作者為一名曰平秩東作的戲作者，乃太田南畝之友，於其歿後由南畝所出版。這平秩既非大名，亦非僧侶，生前是個從事煙草生意的百姓。」

瞧你說得滔滔不絕的，惣兵衛說道：

「和往常的你根本是判若兩人呀。」

「沒這回事兒，不過是事先將你們可能要詢問的事兒說個明白罷了。要不碰上你們這幾個一聽到鬼神就斥之為迷信的大師父，和堅稱怪力亂神不符合科學道理的洋學究，哪招架得住？更何況咱們這位巡查大人，近日連作者的出身都要斤斤計較。」

見與次郎望向自己，劍之進一臉彷彿吞下生蛋的古怪神情說道：

「本、本官同你們聊這些個事兒——絕非出於好奇，乃是為了打壓犯罪、以求社稷祥和。故此……」

好了好了，正馬打斷他這番辯解說道：

「誰想聽這種事後諸葛？矢作，咱們不是打你當上巡查前，就常這麼聚在一塊兒談這些個事兒嗎？藉著和咱們私下閒聊，教你碰巧解決了幾樁案子，戲語成真竟也換來功成名就。看來是嘗過幾回甜頭，這下又打算再如法炮製一番？」

只懂得守株待兔，是成不了事兒的，一身洋裝的假洋鬼子視線中帶著冷冷的揶揄，語帶不屑地說道。這番話倒是抓到了劍之進的痛處，讓他是敢怒卻不敢言。

惣兵衛原本只是被這巡查大人的一臉尷尬逗得開心不已，這下也開口說道：

「或許樹下是沒兔子，但可有幽靈哪。瞧你連點武藝也耍不來，卻能立下幾回大功。別忘了瓦版給你的讚譽，該分一半給咱們才是。總之……」

惣兵衛將一張山賊似的臉孔湊向劍之進說道：

「這回你不是來辦案的，不過是純粹找咱們聊聊怪談罷了。與次郎，是不是？」

沒錯。

這回大夥兒聊的是怪談，而且是百物語。

劍之進向與次郎等人提出的新難題，是百物語正確的進行法式。我還沒把話說完哩，這當官差的一臉困窘地抗議道：

「上回我之所以如此在意史料出處，乃是出於對當事人身分的考量。」

託你的福，我還被當成個局外人哩，正馬說道。

「這我不是同你道過歉了？其實也並非打算將你排除在外，不過是為了顧及當事人的觀感，也擔心若有什麼閃失，恐有連累你父親之虞。畢竟雙方都是有頭有臉的大人物，總不宜讓任何一方感到不快。」

「即便有什麼閃失，也不會有任何連累。家父早已退隱，哪還有什麼好擔心的？」

你就別再絮叨了，劍之進哭喪著臉說道。

「因此，即便這回的事件也與華族有關，還不是把你也邀來了？你就行行好饒了我罷。你瞧，方才與次郎朗誦這則史料時，我可是一個碴也沒找過。畢竟與次郎都為我張羅了，也不好辜負他這番好意。」

這還是得看平時罷，惣兵衛說道：

「每回與次郎費盡千辛萬苦找來的史料，不總是教你們幾個給挑剔得體無完膚？這口氣與次郎哪嚥得下？」

與次郎，你說是不是？這莽漢高聲說道。

聞言，與次郎並沒同意，神情反而顯得有點兒膽怯。

惣兵衛這番話聽似褒獎，實則揶揄。劍之進的確是愛抱怨，但較之這老愛挑與次郎毛病的使劍莽漢，還算是溫和的。

每說個什麼，這傢伙總要駁斥一番。較之另外兩人，不擅爭辯的與次郎或許較不起眼，但受的揶揄可不比其他人少。

「再說，劍之進，這怪談什麼的，不就是你最擅長的東西麼？聽你總是滿口百物語、百物語的，現在這不就是這東西？」

正馬，你說是不是？惣兵衛轉個頭繼續說道：

「雖然記得不是很清楚，但你們倆似乎常提到這百物語不是？什麼諸國、近世、還有什麼太平、評判的。這些可都是書名？」

沒錯，劍之進回答道：

「這些全是書名。除了《百物語評判》稍稍特殊點兒，其他幾本的內容可謂大同小異。由此看來，百物語一類的著作，在往昔似乎曾流行過一段時期。」

聽到劍之進這番話，正馬訝異地摩挲著下巴說道：

「既然這些東西你全都讀過，如今為何還須打聽？真是教人不解呀。」

有理有理，惣兵衛頷首附和道。

「看來你們是不知道，這些個冠有百物語三字的著作，是依百物語的體裁編纂成的，不過是蒐集一百則故事湊成的書卷罷了。」

「不全然是一百則。」

與次郎糾正道：

「湊足一百則的，僅有《諸國百物語》一部。其他書卷均不滿百則。這個「百」字——」

不過是形容為數眾多罷了？正馬說道：

「這下我明白了。此百非一百、兩百的百，而是酒乃百藥之長的百，古諺中常以百形容為數眾多。由此看來，只要是集多則怪談編纂而成的書卷，悉數稱為百物語。」

「不僅限於怪談。」

與次郎認為正馬這番話大抵算是正確，但劍之進似乎總要挑挑這假洋鬼子的語病。

「亦不乏名為百物語，但內容與怪談無關之著作。例如豔笑譚、或福德譚便屬於此類。」

「是有這類例子——」

與次郎罕見地插話道：

「但我倒認為這些例子，均是以怪談為起源的。先是有百物語這類陳述怪談的聚會，接著有了模仿其形式的書卷，集複數怪談編纂而成的百物語書卷蔚為流行後，方才有人為揶揄此現象，而取百物語書卷之體裁著書。」

或許真是如此，劍之進說道，但語氣似乎帶點兒不服氣。

「這回劍之進想弄清楚的，就是這源頭——即百物語怪談會的正式法式。為此，哪管讀再多百物語書卷，想必也是毫無助益。故此……」

也不過是個試膽遊戲罷，惣兵衛說道：

「哪還有什麼法式？」

「想必應有才是。」

不知何故，正馬這下竟不同意惣兵衛的看法。

「不分古今東西，這類東西想必都得依某種正式的法子執行。若沒訂個規矩，讓大家恣意發揮，只怕該有趣的東西也將變得無趣，該可怖的東西也將變得不可怖了。不過這道理，像你這等莽漢，或許無法理解就是了。」

的確是無法理解，惣兵衛面帶不悅地回道。

「這我當然能體諒。不過矢作、笹村，你們倆老是有愛談僅有自己懂的事兒的壞習慣，別總

是將我們倆拒之千里好不好？這下的意思可是，百物語書卷是模仿百物語寫成的，故並非關於百物語本身的記述？」
不，也有些百物語書卷是以百物語相關的怪談編纂而成的。劍之進說道，但還沒把話給說完，就教與次郎伸手制止了。再這麼解釋下去，只怕情況要變得更為複雜。
「劍之進，別自己把話題給扯遠了。正馬所言的確不假，即便僅是套用百物語的形式，書卷所載的畢竟還是怪談不是？」
「與次郎，這可是代表書中一切均為杜撰？」
「要說杜撰——其實大都宣稱此事屬實，只不過這已是慣用常套，也難以判明幾分是真、幾分是假。總之，其中既有取自佛典漢籍者、亦有輾轉聽來的故事，但卻個個均宣稱所載屬實。」
「亦即，完全不足採信？」
「既然每則陳述均不乏人指摘，代表是否屬實的確堪疑。總之，此類故事多為嚇人而撰，即使非空穴來風，亦已略經變更粉飾，甚至摻入些許警世勸善之說。」
如此說來，方才朗誦的那則，應該也是如此？正馬漫不經心地問道：
「即便標題上沒有百物語三字，方才那——老爺杖什麼的，畢竟也是則怪談呀。」
是老杖，劍之進糾正道。
「標題叫什麼都成，笹村想說的是，這畢竟也是則怪談。既然是杜撰的故事，可就沒什麼價值了。」
「怎會沒價值？」

與次郎反駁道。

「難道有麼？」

「不論其中所述是什麼樣的情節，但文中記載的法式應是不變的。稍早劍之進亦曾提及，載有與百物語怪談會相關之百物語書卷為數眾多，只是內容多半大同小異。我所介紹的，不過是記載最為詳細者罷了。」

「既然是杜撰的故事，誰能保證關於法式的記述並非虛構？」

「應不至於才是。」

「是麼？」

未料通常有人附和，也不懂得加以爭辯的與次郎，這回態度似乎強硬了起來。或許是大感意外，這下正馬怠惰的態度也略顯收斂。

「笹村，為何不至於是虛構？」

「如此大費周章杜撰法式，並無助於將故事說得更為嚇人，只會使其顯得更為荒誕罷了。總之個人是認為，若故事純屬杜撰，其中關於法式的描述便益發值得採信。」

「何以如此認為？」

「哪還需要解釋？畢竟是怪談，稍早我所朗誦的記述中，亦提及說完百則故事後，將有駭人之異象發生，但若於其中穿插未曾有人聽聞之法式，讀來反而教人掃興不是？倘若這結果原本就是家喻戶曉，事後發生的異象才會顯得駭人。你說是不是？」

言之有理。聞言，正馬也乖乖服輸。

「總之，根據這《老杖》中的記述，進行百物語時須立一鏡。這點與其他記載有異。除此之外，就與他著作中的大同小異了——容我舉淺井了意的《伽婢子》中之記述為例。」

與次郎翻開了下一冊書卷。

這是事先向藥研堀的老隱士借來的。

「想必大家都聽說過淺井了意這大名鼎鼎的草雙紙作家罷？《伽婢子》也是一冊怪談集，卷末有則《談鬼招鬼》，據說乃自五朝小說改編而來。」

他這下賣弄的，也是一白翁所傳授的知識。說是傳授，充其量也不過是現學現賣。

與次郎開始朗誦道：

「自古相傳，集眾口述駭人奇聞百則，必將起駭人之事。百物語有其法式，須於月黑之夜點火燃燈，燈籠須罩以青紙，並插入燈芯百支，每述一則，便拔除燈芯一支，房內將隨之漸暗，牆上僅存青紙之色映照。如此行之，終將招徠駭人異事——」

是沒說到鏡子，惣兵衛說道：

「僅提及青色燈籠。」

「沒錯。或許是因這《伽婢子》付梓於百物語書卷流行前不久，後來的書卷中的記述，就多是大同小異了，幾乎均有提及須於青色燈籠中插入燈芯百支。噢，其中亦不乏每述一則，便須異地另行他事者——這與惣兵衛所提及之試膽大會頗有異曲同工之妙。亦不乏述完九十九則，須開始飲酒作樂等玩笑性質者。不過以手續簡化者為多，增添者則極為罕見。」

「唯有《老杖》提及須使用鏡子？」

「稍安勿躁，這兒還有一則記載。」

與次郎掏出了第三冊書卷。

不消說，這亦是一白翁的藏書。這四人聚在一起，通常總是理不出任何頭緒，這種時候，便都要前去九十九庵造訪。有鑑於此，與次郎這回便打算不妨先跑一趟，將史料給借來。

這第三冊，是喜多村信節的《嬉遊笑覽》。

根據一題為宗祇諸國物語之草子所載，越後曾有武士數十名群聚，依下述法式行百物語。眾人聚於一間，閉門鎖戶，於燈籠內插入燈芯百支，並罩以青紙，以暗其光。在座者跪坐成圈，雙手拇指相扣，並縛繩索以保不動。話完一則，便拔除燈芯一支。然眾人雖拇指相縛，仍個個膽怯不已，幸至終均未有異象發生——

「須兩手相縛？」

聽來還真是強人所難呀，惣兵衛以嘶啞的嗓音說道：

「這模樣想必是十分滑稽哩。幾個老大不小的傢伙湊在一塊兒，兩手相縛圍成一個圈兒，輪流說故事，在昏暗的房內面面相覷？」

滑稽、真是太滑稽了，惣兵衛一臉啃了澀柿子的神情嘲諷道：

「況且還閉門鎖戶。如此一來，豈不是連膽也試不來？」

何以試不來？與次郎問道。

那你倒說說，如此一來，是有哪兒可怖？惣兵衛一臉質疑地反問道：

「任何外人均無法進入房內，在座者又個個無法動彈。除了房內益漸昏暗，根本什麼事兒也不會發生。若有人如此這般便要嚇破膽兒，可就代表這傢伙實在是膽小如鼠。連暗點兒都怕，豈不是連夜半都不敢離房如廁？或許這遊戲的用意，僅是用來挑出膽怯者的哩。除此之外，實在看不出這遊戲到底有哪兒有趣。」

當然是無趣呀，正馬笑道：

「是為了嚇人才齊聚一堂的不是？唯有瘋子，才會把這當有趣罷？此外，或許外人看來感覺滑稽，但若能設身處地想想受縛者本身的感受，可就不盡然是如此了。總之，這房內的氣氛，想必是頗不尋常。」

「不就是兩手相縛、跪地而坐罷了？」

到底有哪兒可怖了？使劍的這麼一嘀咕，假洋鬼子便聳聳肩說道：

「澀谷大概僅有遭奇襲或偷襲，才會感到可怖罷？比方說突遭惡漢攻擊，或遭大熊啃咬什麼的。雖然話說沒兩句便要笑人膽小如鼠，但這傢伙最怕的，正是這種直接的攻擊。看來，這就是澀谷愚鈍無腦的證據罷。」

你說什麼？惣兵衛立起半邊兒膝蓋怒吼道。

「瞧，又是這態度。你就是不懂什麼叫文化，恐怖是得用神經去體會的，不是用軀體，是用神經。」

而你這傢伙，根本就是缺乏神經，正馬繼續揶揄道：

「缺乏神經，教你根本分不清這等微妙差異。想來你這野蠻人，凡事都只曉得分成明與暗，見天暗了就打算就寢，根本無法體會益漸昏暗這種微妙的感覺。」

膽敢愚弄我？惣兵衛氣得面紅耳赤，左手突然機敏地按向榻榻米上。

這是取刀的動作，幸好房內並無大刀。

「看來是教我給說中了。倒是，我說矢作呀。」

正馬完全沒將他那敏捷的身手給放在眼裡，逕自轉頭望向劍之進問道：

「關於這百物語，我倒認為並沒有什麼嚴密規定的法式。」

對話突然回題，讓原本冷眼旁觀這場假洋鬼子與古代武士之爭的劍之進被殺個措手不及，驚慌地回道：

「何、何以見得？」

「聽來這與其說是法式，毋寧說是演戲要來得恰當。」

「演戲？」

「就和歌舞伎的舞台布景沒什麼兩樣。我說咱們這巡查大人哪，人大抵都怕黑怕暗。聽到這句話，或許咱們這位沒神經的莽漢要逞強爭辯黑暗哪有什麼好怕的，但真正的黑暗，其實是可怕到超乎想像的。」

正馬撫弄著頭髮說道。

近日，這假洋鬼子為了整理髮型，開始在腦門上抹油了。

「這道理不分古今東西，凡是人，心中對黑暗多少都懷有畏懼之心，絕無一人例外。不過，別說是咱們這位莽漢，每個人都要強稱自己不畏黑暗。即使是伸手不見五指的暗夜，只要是成人，大抵都不至於無膽如廁。或許多少感到幾分膽怯，也知道妖魔鬼怪不是什麼好東西，但卻沒有一

個成人被黑暗嚇得失禁——各位認為這是何故？」
「這哪還有什麼狗屁理由——？」
惣兵衛的粗話還沒來得及脫口，正馬又開始解釋道：
「因為任何人都知道，不會有什麼怪事發生。大家都意識到，日常生活中並不會遭遇什麼驚人異象，故即便心中再膽怯，也能安然如廁。既不會撞見什麼妖怪，便所前亦不會有熊或狼出沒。咱們懂得在經驗中學習，一路都是如此活過來的。而經驗不足的孩兒尚不懂得這道理，對黑暗才會如此恐懼。」
這下正馬額頭一皺，抬起雙眼望向劍之進繼續說道：
「日復一日，咱們都在理所當然的道理中度日。若這理所當然突然變得不理所當然，就會教人感到駭怕。矢作，噢不，妖怪巡查大人，異象指的，不就是令人難解之事？」
但若能在其中找出個解釋，便不再是異象了，劍之進回答。
「沒錯。故此，世上並無異象，僅有難解之事。世間異象，大多為人們不可解之事，除此之外者……」
這一身洋裝的傢伙指著自己撫弄了老半天的腦袋，並以眼神示意道：
「不是誤判、誤聽、就是誤認。若非幻覺，便是幻視、幻聽。身處異常狀況時，人會誤以為自己果真看見、聽到了這等怪事，然本人大概不會認為這值得質疑。故此……」
正馬屈身向前，眾人也紛紛隨他朝前一湊。
這光景，看來甚是滑稽。

「大家想想，數人整齊圍坐於閉門鎖戶的房內，本身就已不是個尋常光景，而且還是在寧靜的深夜裡。在場談論的，是矢作和笹村酷愛的超乎現實之奇聞、駭人聽聞之慘事、或教人掩耳的因緣故事。當然要教敘述者嗓音益發沉靜，在座者也益發不語。」

就連正馬，這下的嗓音也是愈來愈小。

其他人前傾的臉，也幾乎要碰到一塊兒。

「除此之外，現場的燈火還益發昏暗，教人益發看不清周遭。」

正馬罕見地露出一臉認真神情，劍之進與惣兵衛也隨之變得一臉嚴肅。

「到頭來，連自個兒身邊坐的是誰、或輪到誰在說故事都變得難辨，彷彿自黃昏時刻進入黑夜時分，四下變得愈來愈黑、愈來愈暗。這下——」

突然之間——正馬的嗓門突然大了起來。

哇！惣兵衛被嚇得失聲大喊，與次郎也差點兒跳了起來。至於劍之進，則是凝神屏氣、兩眼圓睜。

「搞、搞什麼鬼？是要把咱們活活給嚇、嚇死麼？」

「哈哈，果然教我給嚇到了罷？光憑這麼點技倆，就能將你們給嚇成這副德行。倘若咱們這下正來到百物語的結局，想必澀谷要被嚇得屁滾尿流，矢作也要給嚇得坐不住了罷？」

笹村，你說是不是？正馬拍了拍與次郎的大腿，開懷大笑道：

「意即，僅需更進一步強調此時狀況與平時不同便可。立鏡、縛指，用意均是為此。但若沒有規矩，玩起來也不盡興，因此便有了這麼個得說足一百則故事、並逐一拔除燈芯的法式。」

「這可是個固定的規矩？」

不是每冊書中均有提及？被劍之進這麼一問，正馬噘起嘴來回答道：

「敘述完百則故事——便將現妖物，或起異象什麼的。反正怎麼說都成。只要這說法變得膾炙人口便成了。如此一來，只要玩一場百物語，就能知道將發生什麼，根本不須什麼麻煩的說明。故此，這應算是個固定的規矩罷？」

話畢，正馬露出了一個微笑，接著又嘀咕了一句：倒是，這房內還真是悶熱呀，便起身拉開了紙門。

「原來如此。」

劍之進搓了搓下巴說道。這下他也罕見地心服口服了起來。

「意即，只要讓過程看來像回事兒就成了。是不是？」

果然是明察秋毫呀，正馬顫動著雙頰說道：

「看來似乎是要降雨了，難怪會這麼悶——噢，總而言之，大概就是如此。是否真需要述完百則，我認為根本是無關緊要。即使則則簡短，一夜想必也難說完百則。說書人所敘述的怪談，有些不是長得一整晚也說不完？」

正馬，得述完百則，可是你自個兒說的不是？惣兵衛使勁捲起了袴襬說道：

「自個兒不久前才說過的話，難道這下就忘得一乾二淨了？」

不不，正馬擠眉說道：

「訂下百則這數目，不過是裝個樣子。既然要裝得為數眾多，當然得訂個教人說不完的數目。

若僅是五、六則，不是不出多久便要說完了？」
「如此一來——便不足以形成你所說的，那教人感覺異常的環境？」
一方面是如此，但大抵不過是為了編個理由罷了，眼見劍之進如此認真思索，正馬回答道。
「編個理由？」
「你想想罷。即便如何大費周章，到頭來還是什麼事兒也不會發生。噢，即便是與會者個個使出渾身解數，將大夥兒得膽子都給磨得如絹絲般細，但除非是真的碰巧出了什麼怪事兒，大抵是什麼也不會發生。就在大夥兒個個為妖物即將現身而膽顫不已的當頭——天也就亮了。如此一來，可就要如澀谷稍早所說的，眾人勢必痛斥這遊戲愚蠢無稽。故此，什麼也沒發生，乃因沒述完百則使然，不就成了個好理由了？」
「原來是這麼回事兒。」
劍之進伸指戳了戳額頭，接著又說道：
「看來，非得乖乖述完百則才成呀。」

【參】

與次郎前去造訪九十九庵。
直到半年前為止，均是四人偕同前去，但近日與次郎獨自造訪的次數益發頻繁。一方面是矢作巡查公務多忙，再加上澀谷道場的門生略增，四人的時間難能湊上。但真正的理由，其實是與

次郎寧可暗自隻身造訪。

即便有時根本沒什麼事兒需要請益，也想走訪一趟。

原本，與次郎每月便要前往此處一回。起初是伴上司同行，第二回起就是隻身前往了。不過是遞交少許銀兩的雜務，當然僅需一人便可辦妥。

當時，與次郎還是頭結髮髻，腰際掛刀。每回均在玄關前畢恭畢敬地低頭致意，再遞上一只紗布包袱——

——真是教人懷念。

與次郎心想。不過，這並不表示他認為幕府時代要比現在來得好。

或許。

——往昔就是這麼一回事兒。

不分好壞，凡是往昔均教人懷念。或許是因往昔僅存在於自己的心中或腦海裡使然。記憶中的往昔均成了老故事，成了老故事的現實，就是往昔。

與次郎並無意再度佩刀，亦無意再剃月代（註1）。

剪斷髮髻後，益發感覺結髻還真是個奇風異俗。但剃光的鬢髮、遮到額頭上的前髮，或變輕了的腰際，仍不時教人感覺不慣。

每當與風鈴小販擦身而過。

或眼見渠岸柳枝隨風搖曳。

這種感覺均可能油然而生。

教人憶起往昔的聲響、氣味、與景色，均化為稀薄雲煙於與次郎的回憶中縈繞，在剎那間形塑成一則又一則的故事。但這些其實均為如今的聲響、氣味與景色，故形塑成的，不過是虛構的故事罷了。

回憶中的往昔，想必淨是虛構。因眼見或耳聞某事而自認為憶起往昔，也不過是錯覺。即便如此……

——或許正因如此……

與次郎才想造訪藥研堀，好讓自己融入此類往昔故事中。

——看來夏日將至。

與次郎心想。不過，並非看見了任何分外帶夏意的景物使然。

巷弄中的泥色樹影、嬉戲孩童的嘻笑喧譁。

正是這些景致，讓他感覺夏日腳步逼近。但在周遭，其實也看不出特別的季節變化。或許連這季節感，亦是虛構的錯覺。

此時，他望見了熟悉的花草與樹牆。

但這熟悉的景致中，卻添了幾個不常見的東西。

鐵巨輪、黑布棚、以及馬鞍般的座椅。

此處竟然停放著人力車。

註1：江戶時代，男子將前額至頭頂的頭髮剃成半月形的髮型。

而且，還停了兩台。這東西在淺草頗為常見，但在這一帶可就希罕了。
兩名車伕坐在楡樹下，悠閒地抽著煙桿兒。
——有訪客？
人力車——就停在九十九庵門外。雖然造訪此處已有多年，但從沒在這清幽住宅碰見過任何訪客，教與次郎略感不知所措。
猶豫了半晌，與次郎終於決定繞道一旁。原本打算沿樹牆繞向後門，但還沒走到屋後，與次郎便停下了腳步。
他看見了小夜。
正低頭佇立小巷中。
這姑娘目光敏銳，若是這距離，絕不可能沒看見與次郎。只見她雖低著頭，仍能明顯看出正在注意著屋內。看來——對屋內情況雖然在意，卻也不便進入屋內。
這下，與次郎更是困擾。
或許不過是自己多心，但總感覺箇中似乎有某種複雜緣由。這下與次郎也不敢如往常輕鬆上前致意，深感進退兩難之餘，只能抬頭仰望天際，只見一隻烏鴉低空打自己頭上飛過。
與次郎先生。目送烏鴉飛去時，突然被如此喊了一聲。
雖然對方的嗓門不大，還是把與次郎給嚇得驚慌失措。
歡迎歡迎，小夜露出微微一笑，低聲致意道。
「今、今兒個有來客麼？」

「沒錯。很罕見是不是？」

被這麼一問，還真不知該回答是或不是。來者可是奴家的恩人哩，小夜先是手按樹牆，伸長脖子朝內觀望，接著才如此回答。

「恩人——？」

「是的。倘若當年不是小屋中這位恩人出手相救，只怕奴家早已成了路旁的孤魂野鬼了呢。」

「成、成了孤魂野鬼？敢問此言何意？」

為何說得如此駭人？

先生是否方便到那兒說個明白？眼見與次郎如此不知所措，小夜面帶微笑地走向他說道。

「說、說個明白？」

「想必先生今兒個是來找百介老爺的，但看來老爺還得過個半刻才會有空——倘若與次郎先生打算自在此稍候……」

難道不能讓奴家先招呼先生？業已走到與次郎身邊的小夜說道。

「當然不是不可以。但……」

「唉。這位恩人德高望重，來此造訪也有好幾人隨行，庵內如此狹小，讓奴家實在是想待也待不得。說老實話，奴家本應留在屋內招呼來客，但如此情況，實在尷尬。」

小夜苦笑道。

的確，若同時有數人進入這棟小屋——雖然與次郎並不知道來者究竟是何許人——想必的確是讓人想待也待不得。這心情與次郎是不難理解，不過——

不過，來者難道不是小姐的恩人？與次郎問道：

「不留在裡頭招呼成麼？」

「先生無須掛心。是百介老爺吩咐奴家出來的。」

「是老隱士吩咐的？」

小夜突然變得一臉失落，接著才低聲回答：

「其實──奴家並非老爺的遠親。」

話畢，又垂下了視線。

「事實上，奴家乃世間師──即劍之進先生上回提及的山窩之女。」

「是麼？噢，那麼……」

「噢？」

聽聞這番話，與次郎益發不知所措。

原來是這麼回事兒──無怪小夜對四處漂泊者的生活方式知之甚詳。

「直到八歲那年為止，奴家一直與母親以山野為家，靠獵捕魚龜度日。但後來母親亦亡故

──母親身亡時處在深山之中，奴家也不支倒地……」

幾乎要危及性命。說著說著，小夜開始漫步了起來。

「就在這節骨眼上，遇上了今日來訪的這位恩人？」

「是的──正是如此。承蒙這位恩人善心收留，奴家才得以保住一命。後來──這位恩人扶

養了奴家約有半年之久。當時奴家年僅七、八歲，再加上舉目無親，實難獨力營生。」

「後來，才被送到一白翁這兒來？」

「奴家當時攜帶的護身符中，有一紙戲作的版權頁。」

就是這個，話畢，小夜自懷中掏出一只舊得發黑的護身符。

「戲作——？」

「沒錯，作者乃菅丘李山。先生可認得這號人物？」

不認得。

原來就連博學多聞如與次郎先生者也不認得？小夜開懷大笑道：

「噢。在下自認並不博、博學多聞……」

「當然不可能認得。菅丘李山之李與百諧音（註2），此名唸法依序與介、岡、丘、李、山同音，即山岡百介之化名。其實，就是百介老爺的筆名。」

「老、老隱士的筆名？」

這還真是教人大吃一驚。

「唉，就連與次郎先生都猜不出了，光憑這筆名，根本無從查證究竟是何許人。但奧付上這筆名旁，卻還清楚載明『江戶橋生駒屋方山岡百介』。生駒屋乃江戶首趨一指的蠟燭盤商，當年百介老爺正是這家商號的少東。難道北林藩史上沒有如此記載？」

「這……是否連老爺的出身都有載明……」

註2：「百」日文訓讀為もも，酸桃則為すもも。

老實說，與次郎已經記不得了。

「即使如此載明，不過……」

光憑這幾個字，收留小夜的恩人就能找著一白翁的居處？

隱居於如此陋室，個頭這般矮小的老人——難道有這麼容易找著？

哎呀，當年生駒屋可好找了，小夜說道。

「噢？」

「維新前，生駒屋就座落於新橋，只可惜如今已改了商號、遷至鄉間。當年，百介老爺也住在店內。直到收養了奴家，難再寄宿店內，方才遷至藥研堀築庵定居。」

「原來如此。」

與次郎完全不知——原來還有這麼段過去。

「那位恩人不過是為了知道奴家的出身，才找上老爺的。但百介老爺一聽聞此事經緯，便執意要收養奴家。」

當時，老爺就連奴家的面也沒見過呢，小夜繼續說道：

「打那時起，奴家便一直寄居老爺身旁。但維新後，人人都得有個身分，百介老爺便將奴家申報為其兄之孫——此兄曾為八王子千人同心（註3），多年前便已亡故。其子於維新時加入幕軍四處征戰，不幸戰歿北方，身後未留下任何子嗣，老爺便將奴家申報為庶子（註4）。故此，奴家也勉強算得上是老爺的遠親罷。」

只不過，毫無血緣關係就是了——話及至此，小夜在路邊一株櫸樹下坐了下來。

「先生認為，老爺是為了什麼收留奴家？」
「這……或許是老隱士與小姐亡母相識？」
與次郎也在小夜身旁坐了下來。這才想到，自己就連小夜究竟是什麼年紀也不知道。即便已有十年以上的交情了。
山貓迴阿銀——
此時，小夜突然說出了這麼個名字。
「噢，小姐指的，可是老隱士敘述往事時常提及的那位御行又市的同夥？」
曾扮過狐，曾扮過鷺，也曾扮過柳精。
一個身分如謎的妖豔姑娘。
一個常在故事中現身的奇女子。
自一白翁的敘述裡，僅聽得出這麼多。山貓迴是個邊吟唱義太夫節、邊操弄傀儡演出的江湖藝人。由於從沒觀賞過這類演出，與次郎完全無從想像這是個什麼樣的技藝。
奴家之母，似乎就是阿銀小姐之女。
聞言，與次郎一時無法會意。
「名曰阿藺。」

註3：幕府時代職制之一，為派駐武藏國多摩郡（今八王子市）之鄉士集團，負責武藏國與甲斐國境之甲州口的哨戒與維安。
註4：日本舊民法中，為父親所承認之私生子女。

「噢？且慢。小姐是如何……」

是如何知道亡母叫什麼名的——？

畢竟已是陳年往事了。

難不成……

「百介老爺堅稱，護身符中那張紙頭上的字，是又市先生寫的。」

「又、又市先生寫的？」

「是的。不過僅憑筆跡，或許尚不足以為證。除此之外……」

老爺還說過，奴家生得與祖母簡直是同一個模子刻出來的——

雪白的肌膚、細長的雙眼、標緻的紅唇。黝黑睫毛下的眼角，還泛著一抹紅。

與次郎不禁倒抽一口氣。

「哎喲，先生別用這眼神直盯著奴家瞧好不？活像是看見了什麼妖怪似的。奴家是山岡小夜，可不是那山貓迴呀。」

「這、這、真是對不住……」

與次郎連忙將視線給別開。這下——

望見有人上了一輛人力車。只見此人身著燦爛豪華的袈裟。

「噢——來客是位法師？」

「是的。是鎌倉臨濟寺的高僧。」

小夜說道。與次郎回過頭來，只見小夜業已起身。自下方仰視她那小小的面龐，自細緻的下巴掠過的陽光耀眼得教與次郎不由得瞇起雙眼，這才想起這位身穿絢目袈裟的僧侶，想必就是小夜的恩人。

「小夜小姐這位恩人——難道是位法師？」

「沒錯。名曰和田智弁大人，是個地位崇高的大寺高僧。」

就是此人？與次郎再次望向這位僧侶。

「不，那位是和田智稔大人，乃收留奴家的高僧之外甥。後頭那位在隨從簇擁下現身的高齡法師——才是和田智弁大人。」

後頭果然有位穿著樸素，但不失高貴的年邁僧侶，前後左右均為年少和尚所包圍。這下正準備踏上另外一輛人力車。

「小姐難道不該上前道別？」

沒事沒事，小夜說道：

「奴家和這位恩人的緣份算不上深，也僅讓他收養了半年。」

果真如此？

目送眾僧成列隨行的兩輛人力車離開小巷，藥研堀這才恢復與次郎熟悉的光景。

來客甫離去，便有一瘦小人影現身。

——原來是一白翁。

一身墨染作務衣，剃得短短的白髮，彷彿一陣風便能將之吹得老遠的矮小身軀。

想必是出來送客的罷。老人先是回過頭來，一看見兩人，便轉過身步履蹣跚地走了過來。

雖然還是那副枯瘦容貌，但老人今日的模樣似乎有那麼點兒不尋常。這下，與次郎才想到自己幾乎沒見過老人步出屋外，甚至就連老人站姿也沒見過幾回。平日，老人總是蜷著身子跪坐在小屋中的座敷內。

或許正是因此，才教與次郎感到有點兒不尋常罷。

一白翁在小夜面前駐足，也不知是何故，先是眼神悲戚地——至少看在與次郎眼中是如此——朝這毫無血緣關係的遠親姑娘凝視了半晌，接著才以不大自然的祥和口吻說道：

「與次郎先生，歡迎歡迎。不知先生來訪，抱歉讓先生久候了。」

「不不，擾您會客，還請老隱士多多包涵——」

先生可是為了百物語來的？老人說道：

「不知老夫借給先生的書卷，是否有派上用場？」

與次郎正欲回答，卻發現老人依然朝小夜定睛凝視。

若不介意，還請先生入屋詳談。這下，一白翁方才低聲說道。

【肆】

噢？

原來如此，先生果然獨具慧眼。

沒錯，正是如此。百物語這東西，其實不過是齣教人心生畏懼的戲。與其說是迷信，其實是

風神

符合道理的。

沒錯。原來與次郎先生也做如是想？

諸位先生，尤其是惣兵衛先生，不時對正馬先生所陳述的西洋知識百般挑剔，但真理其實無東西之分。

不僅如此，亦無古今之分。凡古人所言、古人所信者，皆不該以迷妄斥之。凡對古人合理之事，對今人亦是合理。或許說明或解釋方式略有出入，但水往低處流這類道理，古時如此，如今亦然。即便到了異邦，亦不可能有任何不同。

只不過，主張所有西洋知識均是嶄新、正確，的確有待商榷。

但凡西洋知識均斥之為無稽，並視陳述者為假洋鬼子而不加理睬，亦是有失公允。不論是古是今，亦不論出自何人之口，凡真理者，均是正確無誤。總而言之，所謂天然攝理，本就是無可改變。

人倫世理，豈可能簡單改變？

是的。

沒錯。應是神經過敏所致。

因此，一如正馬先生所言，對真理無須過度拘泥於特定法式。只要效果相同，即便形式有異，亦屬有效。

沒錯。

只要原理相同，採任何法式，結果應是大同小異。但誠如正馬先生所言，擇一眾人均可遵循之法則，的確重要。
即便不知正確法式，但百物語這東西應是廣為人知。
於夜中聚眾陳述怪談，而且須述足百則。
房內益漸昏暗。
述足百則將起異象。
噢，請容老夫更正。
應是——據傳將起異象。
沒錯，並非註定將起，而是據傳將起。
正是如此。誠如惣兵衛先生所言，並不會起任何異象。
僅是口頭陳述，豈可能發生任何事兒？不過，就氣氛與內心所感而言，與會者的確能產生某種彷彿有異象將起之心境。
沒錯。
任何人均無例外。
不過是為此而設的戲碼。誠如正馬先生所言，這規矩任何人皆知。在夜裡漸暗的房內聆聽接連不斷的鬼怪故事，會帶來何種情緒，想必任何人均不難想像。
沒錯。
故此，老夫稍早表示這並非迷信，但就某種意義而言，百物語依然是個迷信。不，或許該說，是種藉佯裝迷信方能成立的戲碼。

先生認為這道理實難理解？

是的。舉例而言——若能確定述足百則將起異象，會是什麼樣的情況？若能證明述足百則將起不祥災禍，將會是如何？

沒錯。

誠如先生所言。

如此一來，任誰都無膽嘗試。

當然要敬而遠之。

欲一窺可怖事物的好奇，絕非出於樂於遭逢危險、災難、或不幸的心境。觀看令人厭惡、催人作嘔、令人不忍卒睹之事物的慾望，絕非出於對令人產生不快之事物的喜愛。

無人樂於觀看令人厭惡之物，亦無人樂於遭逢不幸之事。

凡為人者，皆知自己不想看見或遭逢某些事物。但若能確定不祥後果可以迴避，出於好奇，仍可能放膽一試。

沒錯。絕對無人勇於正面面對不祥異象。

頂多只敢偷窺一眼。先是略事窺探，若不願再觀看下去，便能立刻停止。是的，得先確保安全，一窺可怖事物的好奇心方可能湧現。若無法確保安全，對此就該敬而遠之，畢竟多一事不如少一事。

正是如此。

若真能起異象，任何人均無膽嘗試百物語。

但若將起異象一說若僅是傳言，人們可就樂於嘗試了。

若氣氛真的變得過於駭人，便可就此打住，以確保安全。

沒錯。故此，並無人知曉真相。不過，凡人通常均視此為不可能，認為此事絕無可能發生，畢竟是毫不合理。但既然有此傳說，便教人認為或許不妨一試。

此即老夫所指的佯裝迷信。

是的。正是如此。

就連古人，理應也知進行百物語怪談會絕不至於起任何異象。話雖如此，卻仍有此傳說。

沒錯。

的確是曖昧不明。

也不知究竟是虛是實。

是夜是晝。

是明是暗。

是的，正是如此模稜兩可，宛如筑羅之海（註5）。

百物語就是這麼回事兒。

沒錯。故此，百物語書卷所採用之手法，便是反此道而行。

是的。最初的百物語書卷乃是咄本，即滑稽本（註6）是也。

不不，老夫並未將此類書卷借給先生。

沒錯沒錯。內容多陳述幽魂現身、或妖怪出沒一類奇譚，再斥之為無稽一笑置之。亦即藉世間絕無此事的態度，主動將模稜兩可之百物語予以推翻。

藉此，讀者得以宣洩心中鬱悶。

沒錯，讀來當然教人心神暢快。

發現世上既無異象，亦無鬼怪，任誰當然都要安心大笑。

是的。接下來問世的，則是反此道而行的書卷。

這可有趣了。

即便無人嘗試百物語，坊間怪力亂神之巷說依然不絕於耳。有人便煞有介事地將此類傳說加以詳實記載，佯裝此類怪談乃真有其事。哪管此類故事是虛是實，皆擬史實撰法加以記述。沒錯沒錯，正如與次郎先生所言，若不如此撰述，讀來可就不駭人了。有人便是採用此法，記述連篇百物語逸聞。

如此一來。

是的，大致上便是如此。雖知世間絕無此事而欲一笑置之，但嘗試百物語，卻仍可能碰上令人不寒而慄之異象，甚至可能教人丟了性命。

這傳言究竟是真是假？

若果真如此，結果將是如何？

註5：出現在日本中世文學作品中的假想海域，據傳位處日本、朝鮮、中國之間。

註6：咄本為江戶時代將流行笑話集結成冊的書籍，亦作滑稽本。

噢，除此之外，此類書卷亦以百物語為題。可見體裁乃擬古傳之百物語法式，僅是改口述為筆述，如此而已。

當然，進行百物語什麼也不會發生。而此類書卷中之記述，也均是難判真假。猶如搖擺於虛實之間，究竟是創作抑或實錄，根本是無關緊要。

沒錯。

原來先生還記得。

老夫欲出版者，即此類百物語書卷是也。

此乃老夫長年之夙願。不過……

是的，到頭來還是沒能如願。多年間，老夫僅為生計隨手寫些人情故事、滑稽趣聞、乃至無趣至極的談情說愛故事，最後流於倦怠，索性封筆。唉。

年紀輕輕便過起退隱生活，二十數年後，方才驚覺自己年事已高。如今，已是個如假包換的隱居者。

沒錯。老夫正是在年屆花甲前夕封筆的。

封筆後，老夫便窩身家中，以終日閱讀自己年少時之怪異見聞、或他人撰寫之珍奇巷說為樂，一路活到了這把年紀。

是的。

將自己所見所聞加以記載，便成了物語。

而一切物語均為虛構，絕非事實。

風神

而百物語——一如其名，亦是物語。

沒錯。

猶如於虛構與現實之間，造出一模稜兩可之場域。

百物語即為以此為目的之咒術。

噢，或許有人視其為召喚妖物之法術。妖物這東西即便存在，亦是超越人智所能想像，絕非憑人之手便可操弄。故召喚妖物之手法，當然要被視為咒術。

不過。

妖怪這東西，亦屬虛構。

這道理在江戶是人人知曉。

無人相信妖物果真存在。

或許這番話出人意料，維新後，世人反倒較昔日更相信妖怪的確存在。噢，雖然人人堅稱，鬼神之說純屬迷信，世上絕無妖怪幽魂，不過是疑心生暗鬼罷了。但這純粹是為了不如此堅決主張，便難以理解世上無鬼神一事使然。

往昔可不是如此。

世間無鬼神的事實，可是人人皆知。

可是因古人較為誠實正直？是的，當然是較為純樸。因此，方有荒野妖物皆止於箱根之外這句俗諺。江戶人認為，唯有鄉巴佬才相信世上真有鬼怪。

但實際上，鄉下百姓也和江戶的城裡人一樣，不相信世上有這些個東西。

是的。老夫當然也不認為世上真有鬼怪。

不過，多年前倒曾聽聞又市先生說過以下這番話。

世間生活本是悲苦。

故此，人非得欺騙自我、並於同時欺騙他人，方能安然度日。

亦即，世間一切本是謊言。若誠心相信這些個謊言，人生終將現破綻。

話雖如此，若斥萬般謊言為虛假，悲傷痛楚又將使人痛不欲生。

是的。故此——又市先生表示，唯有雖知謊言非真，但又誠心信之，人方能安穩度日。雖置身五里霧中，雙眼為謊言所蔽，但仍能遨遊夢中。雖明瞭夢境非真，仍對其深信不疑，唯有如此活於夢中，人方能安然度日——

因此，妖物之說雖為謊言，但妖物的確存在。

沒錯。

凡事僅需加以敘述，便將成為物語。

百物語之用意，則為藉敘述連篇物語，使諸事於現實與謊言之間往返流轉。

沒錯，不僅是移轉，尚須能回返。總之，若僅能將之移至他處，卻無法將之遷返，將是了無意義。

畢竟，包袱不能總是揹在身上。

終究得找個地方放下。

方才，老夫亦曾提及須先確保安全。百物語能在述至九十九則時及時打住，便可供人判定此說純屬虛構。沒錯，若是虛構，必不至於有什麼異象發生。即便真有，亦是僅於人心，實際上絕不可能發生任何怪事兒。

是的。若不能如此，這便不再是個咒術了。

沒錯。咒術之本意，乃供人自由操弄原屬未知領域之事物。若僅能將事物移至他處卻無法遷返，便稱不上自由操弄了。

故此，百物語乃一將失敗之可能性納入考量的咒術。

算得上是個極為合理的咒術罷。即便無法召徠任何異象，但這絕非失敗。

重要的，乃是如何執行。

沒錯沒錯。

故此，這回正馬先生的判斷，不愧是慧眼獨具。

是的。

總之，該怎麼說呢。

老夫——年少時曾浪跡諸國，於夢與現實之間、夜與晝之間頻頻往返，噢，不過……

想必是疲倦了罷。

或許是對夢過於戀棧，僅想於其間苟活。

是的。

到頭來，淪為僅於書卷之中苟活。

老夫不樂見百物語閉幕。哪管述足百則是否將起異象，均不願見其就此告終。故此，方才試圖將之加以保留。
這便是老夫未出版百物語的理由。
只願於物語之中頻頻流轉。
或許，亦打算就此終老一生罷。想必就是如此。
自此，老夫便未曾離開江戶。不，就連房門也幾乎沒踏出過半步。
沒錯，正是如此。
封筆後至收養小夜之間那些年裡，老夫可是一步也沒踏出過京橋店家內的小屋。唉，也不知是因自己生性膽小，還是不擅於做結論。
噢，就別再提老夫的事兒了。
咱們回頭談談百物語罷。
唉。
至於稍早提及的青紙燈籠及燈芯。
兩者應算得上是標準規矩罷。
是的，而且還是源自江戶的規矩。應是江戶的文化人所創的法式罷。
噢？
不不，這絕稱不上是高尚的規矩。
百物語這遊戲，並非僅限於有教之士間流傳。沒錯。
想必在鄉間，也有類似的規矩流傳。於爐火旁為孩兒說故事，不也有一夜不可說太多的規矩？

沒錯，正是如此。
既然是說給孩兒聽的，想必淨是些虛構的娃兒故事罷。沒錯沒錯，大抵是民間故事。
在同一夜裡敘述多則此類故事，亦被視為禁忌。
這類民間故事，應淨是虛構的。如今這類故事叫做什麼來著？就是寄席的高座（註7）上演出的那些個……沒錯，就是咄家（註8）所說的——
是的，就是人情咄、怪談咄、芝居咄、落咄（註9）一類。
所謂落語——想必原意即遺落的故事。噢？是麼？事實上，落語也曾被稱為民間故事。
是的。
噢？是麼？
呵呵。
噢，這可就是另一回事兒了。
正馬先生數度表示是神經過敏使然，讓劍之進先生想到了累之淵（註10）？
敢問——這是何故？

註7：寄席中位置較高、以供藝人演出的舞台。
註8：以口述落語、人情咄、芝居咄、怪談咄等為業者，亦稱落語家。
註9：皆為落語之類型。人情咄以世間人情為題材，怪談咄為以鬼怪故事為題材、芝居咄為述說故事時佐以歌舞伎表演者、落咄則為以滑稽故事為題材者。
註10：茨城縣常總市法藏寺旁的鬼怒川沿岸一帶，因三遊亭圓朝的怪談咄曾以此地為背景而聞名。

噢？叫做《真景累之淵》？

這指的想必是《累之淵後日怪談》罷，記得老夫曾聽聞的是這麼個書名。噢？原來如此。

這「真景」，原來是「神經」的諧音？

這可真是滑稽呀。三遊亭圓朝（註11）果然教人佩服。

唉，圓朝的演出，可真是精彩絕倫。

噢？

是的。老夫曾觀賞過好幾回。安政大地震前不久圓朝先生擔綱壓軸那場演出，老夫也曾前去觀賞。當年圓朝年歲尚輕，算得上仍是個孩兒，故並未吸引多少看官，但老夫可是甚為喜愛。《累之淵後日怪談》，就是當年的創作。是的，內容與二代目圓生之《累草子》截然不同。當時可是博得了不少好評哩。

畢竟是怪談，老夫當時可是引頸企盼。之後，圓朝先生又創作了諸如《鏡之淵》等怪談戲碼，不愧是個實至名歸的巨匠。

唉，老夫已有多年未造訪寄席（註12），對其近日又創了些什麼戲碼，可就一無知了。

噢？

不不，維新後，圓朝先生益發受人歡迎，看在老夫這老戲迷眼裡，一則歡欣，一則失落，畢竟有幾分自身所好已非一己所獨有的感慨。唉。

似乎真是如此。據傳，澀澤榮一（註13）先生亦是圓朝先生的戲迷。如此看來，圓朝先生似乎頗受學者賢人喜愛。至於老夫這種小人物，可就是無足輕重了。

噢？圓朝先生曾辦過百物語怪談會？

曾辦過一回？是在前年麼？噢，原來是大前年的事兒了？

如此說來，似乎曾見過報上報導此事。噢，記得圓朝先生蒐集了不少幽靈畫作。當日便是掛起其中數禎，當場辦起了百物語。記得是在柳橋，是不是？沒錯，當然是大受歡迎。

劍之進先生，可就是憶及這件事兒？

噢。

那麼，與圓朝先生是如何結識的？

噢？由惣兵衛先生居中引薦？惣兵衛先生也看戲麼？

噢？原來——是透過惣兵衛先生的師父山岡大人？

可是山岡鐵舟大人？唉，老夫竟然忘了，惣兵衛先生的劍術乃山岡鐵舟直傳。噢？老夫當然聽過，此人可是鼎鼎大名的幕末三舟之一哩。

噢？圓朝先生與山岡大人，是三舟中的另一人高橋泥舟牽線結識的？

註11：一八三九～一九〇〇，活躍於幕末至明治時期的知名落語家，本名出淵吉郎次。因將演說故事以白話文記錄連載出版，確立了現代日文的基礎，故亦被譽為近代日文鼻祖。除影響早期白話作家二葉亭四迷，此嶄新文體亦間接影響於一九〇四～一九〇六留學日本的魯迅，促成中國的白話文運動。

註12：寄席為供落語、講談、漫才、浪曲、奇術、音曲等平民表演藝術演出的劇場。

註13：一八四〇～一九三一，幕府末期曾任重臣，亦曾於明治時期任大藏官僚，任內設立第一國立銀行與東京證券交易所等，後轉任企業家，被譽為日本資本主義之父。

唉，還真是段奇緣呀。

山岡大人乃千代田開城（註14）之大功臣，如今官拜宮內大書記官。除劍術之外，也好鑽研書道，漢學、禪學之造詣更是精深。

噢，記得此人還曾興建寺廟。就連谷中之全生庵，似乎亦為鐵舟大人所建。

倒是——提到禪學，禪學與民間故事……

禪學與民間故事、山岡鐵舟與三遊亭圓朝，是如何撮合上的？

這問題本身就活像個禪門問答，老夫完全無法參透。不過，記得圓朝先生對禪學亦頗有鑽研。

噢？圓朝先生曾向鐵舟大人學禪？噢，這還真是教人吃驚，完全出乎老夫意料呀。

那麼。

敘述民間故事為何需要學禪？噢？圓朝曾應鐵舟大人之請演出桃太郎的故事，但結果不甚理想，挫折之餘，便拜其為師，向其學禪？

原來——箇中還有這番緣由。

那麼，惣兵衛先生已同山岡大人商談過？

噢，原來如此。

那麼……

畢竟，此事若是由良卿起的頭，想必不難向山岡大人交代罷。

噢，若是如此，敢問圓朝先生是否答應了？

噢。

是麼？那可就太精彩了。
想必結果將是無可挑剔。
如此一來，各位將有幸見識到名聞天下的三遊亭圓朝演出怪談。
如此機會，絕對是千載難逢。
著實教老夫欽羨不已。
噢。
先生說了什麼？
尚須一人在場驅邪？
這——
噢。
且慢。
且慢，與次郎先生。
且慢且慢，噢。
或許不妨——邀一法師到場。老夫——可為先生推薦一位高僧。
是的。

註14：千代田城為江戶城之別名，位於今東京都千代田區，即今之皇居。開城指幕府駐軍於一八六八年未經抵抗，便將城移交明治新政府軍，後易名為東京城。

斡旋之事盡管交給老夫。還請先生務必邀請這位高僧參與。
此外，可否請先生再幫老夫個忙？
先生可願聽老夫詳述？

【伍】

此時，山岡百介的神情略顯興奮。
也不知有幾年沒如此振奮過了。
純粹是出於偶然。一連串的偶然，似乎催得百介整個人活了過來。
某天夜裡。
多年前的某天夜裡。
百介曾於北林領折口岳的山腰死過一回。
當然，這死指的並非喪命。當時的景況其實是有驚無險，百介不過是扭傷了腳。即便僅是如此——也不知是何故，事發前的百介與事發後的百介，完全是判若兩人。
對百介而言，那夜過後的自己，亦即如今的自己，彷彿不過是行屍走肉。相較之下，那夜之前的自己，才是活生生的自己。
御行又市——
與又市一夥人共同渡過的歲月，僅有短短數年。

在百介渾渾噩噩持續至今的八十餘年人生中，這區區數年可謂甚為短暫，甚至僅稱得上是一眨眼的工夫。

但在這一眨眼的工夫裡，百介是活著的。

百介生於一貧困武士家庭，生後不久便為商家納為養子。這種事兒在低階武士家庭之間，似乎是司空見慣。但百介生性不適經商，到頭來既未繼承家業，亦未覓一正職，不過是扮個作家餬個口，渾渾噩噩地在諸國之間放浪。

心中未曾有任何志向。

雖說是過起退隱生活，但其家畢竟是江戶城內首屈一指的大商家，即便有千萬個不願，也得照料百介的飲食起居。

故此，百介根本不愁吃穿。無須為經商與人往來，讓百介從未與人有什麼深厚交情。再加上與談情說愛毫無緣份，以及毫無任何堅持固執，百介可說是活得無憂無慮。

當時，百介就是如此無為地活著。

不過是個一無是處、懶惰膽怯的窩囊廢。既非武士，也非農人，亦非工匠，更不是和尚，活得雖然毫無目的，但終究是活著。

與又市就是在那段日子裡相遇的，猶記是在越後的深山裡。

百介憶及。

當時，又市在一棟山屋內——

——沒錯。

這永遠忘不了。初次相遇那日，又市也玩起了百物語。

不過——那實為又市所設下的一場巧局。

在顧此失彼、教人束手無策的形勢中，尋個法子做到兩全其美，使一切獲得完滿解決，便是又市賴以餬口的手段。

憑其三寸不爛的舌燦蓮花，以欺瞞、誆騙、吹捧、煽動將對手給捧上天，接著再以威脅、利誘、阿諛、奉承翻弄各種言說——此乃小股潛這諢名的由來。

只要又市鼓動唇舌耍一番詐，便能打通關節，融通八方。沒錯，又市正是個藉羅織謊言操弄昏暗世間、以裝神弄鬼為業的御行。

跟隨著他，百介就這麼親身見識種種妖怪是如何誕生的，有時甚至還成了又市的幫手。只不過……

又市是個被剔除於士農工商等身分之外的角色。

阿銀、治平、與德次郎亦是如此。

這些人牢牢地活在與百介截然不同的世界裡。

百介則不然。

百介是個毫無自覺，僅在兩個世界交界處遊蕩的人物。

本身就是筑羅之海。

這就是百介終生未出版百物語的真正理由。在與又市一行人共度的短暫時期裡，百介自身就

是個百物語。每當見識到又市一行人如何在自己眼前設局，感覺猶如在模稜兩可的筑羅大海兩岸之間擺盪，異象就在其中接二連三地顯現。

這些異象，充分印證了魔乃生自人心的道理。

故此。

百介曾數度考慮前往另一頭的世界，但終究沒能如願。

畢竟無論如何，百介都只能是這一頭的住民。這已是無可改變的事實。跨越這條線，需要莫大的覺悟，而膽怯如百介者，根本做不出這種覺悟。

事實就是如此，百介就是這麼個懦弱的窩囊廢。

或許又市一行人之所以自百介眼前銷聲匿跡，為的就是讓迷迷糊糊的百介參透這個道理。即便如此，百介還是過了好一陣子才想通。

接下來，就在那晚。

在折口岳的山腰，百介親眼目睹了兩個人的死狀。

這兩人的死竟是如此了無意義。消極、固執、又教人傷悲。

其中一人，是這一頭的住民，另一人，則是另一頭的住民。

目送兩人死去的，正是八咫鴉與青鷺——即又市與阿銀。

此乃天狗是也。又市雖宣稱死去的是天狗，但本意想必是向糊裡糊塗地現身，碰巧撞見這場壯烈死鬥的傻子百介詢問：你可有膽如此送死？你可有這種覺悟？

不，想必又市打一開始，便不斷詢問百介這個問題。哪管是活在白晝還是黑夜，每個人終究要走到同一終點。堂堂正正必遇阻礙，違背倫常則愈陷愈深。獸徑艱險，隘道難行，你是打算挑哪條路走？

這問題，百介也無法回答。

只不過，又市一夥所走的路，自己想必是走不來——這是百介僅有的體悟。

雖然無法定下心來在白晝的世界裡規矩度日，但百介也十分確信自己無法在黑夜的世界中存活。這下百介，不，毋寧說是原本的百介，就在此時死去，但新生的百介卻終究無法誕生。

既未摸索，亦未能獲得新生，百介就如此渾渾噩噩地過了四十年。

除了認為如此也沒什麼大不了，也深感自己根本是別無他法。

時代瞬息萬變。

後來，世間於喧囂中發生劇變，原本穩如泰山的幕府土崩瓦解，武士農夫不再有別的時代隨之降臨。不過，這對本非武士或農夫的百介而言，根本是事不關己。

毋寧說。

對百介而言，真正的大事，其實是小夜的出現。

對如今的百介而言，小夜是個無人能取代的稀世珍寶。乃因小夜就是百介曾經活著的明證。

百介感到自己真正活著的唯一一段歲月——

也就是與又市一夥一同渡過的歲月。小夜的存在，比什麼都能證明那段歲月絕非虛構。對如今也不知究竟該算是生還是死，不，應說是彷彿死了，卻仍在苟延殘喘的百介而言，小夜是個最珍貴的寶。

百介收養小夜，是維新前不久的事兒。

猶記笹村與次郎開始奉北林藩之命定期造訪百介，乃是吉原大火（註15）那年的事兒。若百介記得沒錯，當時應是應慶二年。買下藥研堀這棟小屋是前一年的事兒，而和田智弁差雲水造訪位於京橋的生駒屋，則是更早一年的事兒。依此推論，百介收養小夜乃是於元治元年，即大政奉還前三年。

當時，百介終日蟄居店內小屋中，過著足不出戶的日子。

突有高僧差雲水來訪，聽聞緣由，百介心中困惑不已。

差遣雲水的高僧名曰智弁禪師，乃臨濟寺院之貫首（註16），在鎌倉禪界是號極具威望的大人號。雲水表示此人不僅禪學造詣極深，亦是個書畫與造園的名人，常為蒐集庭石走訪山野。

百介完全聽不出自己與這號人物究竟有何關連。

故此，起初並未嚴肅看待此事。

反正不過是他人之事，根本是事不關己。

智弁禪師於該年春曾造訪京都時，奉人委託規劃庭園，故前往山科（註17）一帶搜尋庭石。於跋山涉水途中，智弁禪師發現了——

註15：吉原位於今東京都台東區，自一六一七至一九九六年曾為東京的妓院集中地區，從一七六八年至一八六六年間曾發生過數次大火。俗稱「吉原大火」則發生於一九一一年四月九日，但此處所指應為一八六六年的火災。

註16：原為天台僧最高僧職，後泛指各宗派總壇及各大寺院之總頭，亦作貫主、管主。

註17：今京都市東部區名，古稱山階。

不是石頭。

而是一具腐朽女屍，以及一個瀕死女童。

此瀕死女童，即為小夜。

而女屍即為其母——阿蘭。

事後，智弁禪師親口告知百介——當時眼見兩人並排而臥，原本以為俱已死亡。或許是該女先斷了氣，束手無策的女童再繼其後死於衰弱——禪師當時似乎曾如此判斷。

理由是。

女屍業已腐朽多日，看來死亡至今已有十日以上。不過……

雖然衣裝殘破不堪，渾身亦是傷痕滿佈，頗教人不忍卒睹，但看來死亡後似乎曾有人將其遺體略加整飾，不僅臥姿工整，雙手疊胸，胸上還擺著一只形狀怪異的刀刃。

百介原本也不知這刀刃究竟為何物，但日後根據小夜所述，方知此乃轉場者（註18）特有之兩刃刀，名曰山鉈。

至於女童，則是宛如守護該具遺體般俯臥一旁。

或許。

這對母女是在兇險山路上遭難，母親死了，女童不知如何是好，僅能緊守其母之遺骸，最終衰竭而死——禪師如此推測。這推論，百介也認為聽似合理。

若是如此，還真是教人感傷。若女童願意拋下其母遺骸，或許尚有可能獲救。

最惹人憐的，是女童還懂得整飾其母遺體，並守在一旁哀悼。禪師滿懷感傷，扶起女童身軀

使其仰躺。這下……

竟發現這女童仍有微弱脈搏。

禪師一行趕緊揹起女童下山，火速趕往附近的末寺（註19）。

禪師取消了一切行程，待小夜恢復神智為止，均隨侍在側悉心照料。

後來，禪師自小夜口中聽說了其母慘遭殺害的經緯。原來，是小夜母子在山中遇襲，小夜當場失去了意識。待甦醒時，遍尋不著母親的身影。沒吃沒喝地找了三日三夜，才在第四日發現其母教人不忍卒睹的遺骸。

畢竟只是個不滿十歲的娃兒，光是將其母遺骸略加整飾，便已耗盡了渾身氣力。飢餓、疲憊、與傷悲，已將小夜折騰得無法動彈。

聞言，禪師便連忙上奉行所通報。

不過，即使通報者是個名聞天下的高僧，官府並未認真調查此案。

理由有二。

其一——小夜母女乃漂泊山民，既非非人（註20），亦非乞胸（註21），更不屬於任何集團，

註18：日本古時四處漂泊、居無定所者。

註19：本寺．本山支配下的寺廟，即下院。

註20：江戶時代幕藩體制下所界定的階級之一，為最下層之賤民，依法不得從事生產性的工作，屬非人頭管轄，通常從事監獄、刑場之雜務，或低等民俗技藝等等。

註21：在民家門前或寺內、廣場等地藉表演乞討的雜耍藝人。

也無身分可供調查。如此一來，豈不是欲調查也無從？
其二——現場已無遺體。救起小夜後，滿腔慈悲的禪師又將其母遺體運回寺院，恭行法事、誦經憑弔。
原本以為此女若非死於意外，便是亡於饑病。一片好心，反而誤了事。
禪師挾小夜之證辭，數度請求官府緝兇，到頭來還是未獲理睬。官府應是認為年方八歲的娃兒所述乃童言童語，豈值得採信？說來，小夜的證辭的確含糊不清，但硬是要一衰弱不堪的年幼稚女把話說得條理分明，根本是強人所難。
智弁禪師為此忿忿不平，試圖同所司代等高官多方交涉，但依然無法說動官府。
在禪師悉心照料下，小夜在半個月後恢復健康。
或許是有感於緣份，或許是有感於責任，智弁禪師攜小夜返回鎌倉。
後來，禪師自小夜掛在頸上的亡母遺物，即一只髒污不堪的護身符中，發現了一張陳舊的紙頭。起初，這紙頭讓禪師大惑不解。理應是舉目無親的世間師稚女的護身符中，竟有這麼張載有某人姓名居所的紙頭，箇中緣由，當然是教人難以理解。更何況所載之居所竟然位於江戶，還是個知名的大商家。
一時似乎誤判，此人或許是稚女的生父。
故此，禪師才特地遣使通報。想必是認為倘若稚女真是此人所生，總不能知情不報。由紙頭上的姓名判斷，此人應非武士，不過是個普通百姓。雖然身分依舊對不上，但總不至於釀成家產之爭。想來，這也是個理所當然的判斷。

後來，百介終於明白雲水來訪的本意。

只因見到雲水遞出一張紙頭，竟是百介頭一冊付梓的書卷之奧付。見之，百介已是大為震驚。此外，還在自己的筆名旁看見如下補述：

江戶京橋生駒屋之山岡百介——

這下，更是驚愕不已。

百介已有數十載未踏出江戶半步，亦從未與任何女子有過往來，更遑論有任何機會與山民接觸。眼見別說是筆名，就連自己的本名都載於紙頭上，當然是大為震驚。當年，就連生駒屋百介這名字，都沒幾個人聽說過。當年任職於店內者亦已悉數退隱，如今就連職員都無人聽說過百介這名字，更何況山岡乃自己被納為養子前的舊姓。這究竟是怎麼一回事兒？

難道自己是教狐狸精給捉弄了？百介仔細端詳起這張紙頭。

只見一角還有如此記述：

此人足堪信賴——

若逢窮途末路，宜投靠之——

鴉——

鴉？這……

不就是又市？

這應是又市寫的。

百介如此判斷。

這——是一個局。錯不了。倘若是又市寫的，絕對是一個局。

再者，紙頭上還寫有投靠兩字。記憶中，又市從未託付百介任何事兒，孰料這回……詳情恕難告知，但老夫與此稚女確是有緣，必將擔下養育之責，百介如此回答。

雲水原本以為紙頭上的人物必是小夜生父，但眼見緩緩步出屋外的竟是個老態龍鍾的老頭兒，而且也沒打聽詳情，便堅稱願收養稚女，似乎極為震驚。

總之，老夫將收養此稚女，願立刻遣轎或馬迎之，聽聞百介語氣如此堅決，雲水表示自己應先歸返，待與禪師商談後再行連絡。

猶記當日雲水離去後，百介更是坐立難安。都活到這把年紀了，竟還接連數夜難以成眠。一想到又市對自己有所託付，心中自是興奮莫名。送走那兩位天狗後已過數十載，萬萬想不到事隔多年，自己竟然又和又市有了牽連，這簡直是個晴天霹靂。

這究竟是個什麼樣的局？又市究竟要讓百介做些什麼？

半個月後，和田智弁禪師親自帶著小夜前來生駒屋。

看見這隨禪師前來的小姑娘的模樣——

百介終於知道是怎麼一回事兒。

小夜。

生得和阿銀根本是一模一樣。

慘遭殺害的阿藺，想必就是阿銀之女罷。而又市所寫的那張紙頭，原本想必是為了阿藺而寫的。至於阿藺與又市是什麼關係，根本是無從得知，即便試圖釐清，也註定是白費工夫。不過，倘若阿藺真是阿銀之女，和又市想必就多有牽連了。又市曾將記有百介住所的紙頭交給阿銀之女，以備有什麼萬一時有人可投靠，的確是不無可能——

這下，百介當場號啕大哭了起來。

並向智弁禪師陳述了一切緣由。

聽聞這番解釋，禪師便將小夜托給了百介。

從此，百介便在小夜相伴下過活。

——至今已有十三年，還是十四年了罷。

為此，百介遷出店內小屋赴外結庵，過起了僅有兩人的日子。

百介教授小夜讀寫，將之視為己出撫養。長得愈大，小夜的容貌也與阿銀益發酷似。不過小夜依然是小夜，而非阿銀。但雖非阿銀，小夜畢竟是阿銀曾活在這世上的證據。而對百介而言，與小夜一同生活，也是個證明自己與阿銀、又市度過的那段時日絕非虛構想像、乃是千真萬確的明證。

如今。

相隔十數年。

和田禪師再度造訪百介。

這些年裡，雙方雖曾數度書信往返，但百介一度也未與禪師照過面。雖然百介一切依舊，但禪師的地位已是益發顯赫，與其面會也變得益發困難。雖然身分制度業已廢撤，但人人仍得在自己的世界裡過活。而百介與和田智弁正是活在兩個截然不同的世界裡，故此……

禪師的突如造訪，著實教百介大吃一驚。

聽聞來訪用意後，百介更是驚訝得無法自已。

禪師表示，業已尋獲殺害小夜生母的嫌犯。

起初，百介深感難以置信，但禪師卻斷言絕對錯不了。

消息乃得自一任職於新政府的下級官員，此人於前幕府時代，曾任薩摩之密探。據此人所言，殺害小夜之母——阿藺者，乃一與其同為薩摩密探者，名曰國枝喜左衛門。

所謂密探者，並非僅擔任探子或奸細。有時，密探也得充當執行暗殺的刺客。

不，或許他們幹的根本稱不上暗殺。在那年頭，殺人有時根本是稀鬆平常的活兒。當然，當年殺人亦非合法，大多得以重罪論處。但也有不少人挾著自以為是的大義名分，肆無忌憚地大開殺戒。

哪管是為了什麼豪情壯志，殺人畢竟是法理難容的野蠻行為。

不過。

即便真有個有志之士，殘殺山民之女哪可能是為了什麼大義名分？

所言甚是，聽完百介這番分析，禪師亦深表贊同，經過一番審思，復開口說道：

據傳——這喜左衛門不僅對女色異常執著，還有難抑衝動的怪癖。一旦燃起怒氣，立刻變得失去理智。遇女抵抗，不僅挾蠻力淫之，還要胡亂揮刀傷之——向禪師吐露實情者，亦不知該如何制止這同儕逸離常規的行止，心中滿是煩惱沉痛。

果真確定是此人所為？百介問道。絕對無誤，禪師回答：

論時期、場所，俱屬吻合，必能斷言喜左衛門正是真兇。

——若是如此……

維新後，有不少薩長（註22）出身之藩士為新政府所登用，其中亦不乏曾幹過密探一類差事者。不過，據傳喜左衛門卻執意辭去。

大政奉還後，喜左衛門便出家為僧。

見此，此曾任密探之下級官員方向禪師詢問，曾頻頻行無益之殺生者若是得度修行，是否也可能成為聖人。

或許，算得上是悔悟罷，禪師說道。

如今——喜左衛門已成一名聞天下之高僧。禪師表示雖宗派有別，亦曾聽聞此人名聲。關東一帶相傳，此僧法力甚為高強，加持祈禱至為靈驗。

喜左衛門，今名國枝慧嶽，於千住某真言宗之寺院擔任住持。

不過。

明知此人正是真兇，亦無法將之繩之以法，禪師語帶遺憾地說道。

畢竟此人一切犯行，均已是陳年往事。

就連當年的奉行所都無意願查證，如今的警察更是不可能展開調查。即便想查，已無證據可

註22：幕末推動維新最力的薩摩藩與長州藩，曾為倒幕勢力的骨幹，維新後新政府的領導階層，多為此兩藩出身，其派閥俗稱薩長閥。

尋。哪管幾名證人指證歷歷，本人也不可能據實認罪。不，即便本人坦承無諱，亦無法將之逮捕治罪。如今欲報此仇，亦是無從。

即便如此，禪師仍認為應向百介通報此事。

如今，小夜已出落得亭亭玉立，過著平穩寧靜的生活，知曉此事，已是了無意義。雖知此舉或許是畫蛇添足，僅能於小康生活中徒增怨念，但既已釐清實情，仍欲讓百介知曉，否則心中絕難踏實，高僧語帶悲愴地說道。

聞言——

百介誠心致謝。

雖非出自內心，仍表示天網恢恢，疏而不漏，世間一切均難逃因果報應，若此人果為真兇，終將有惡報降臨其身。

百介亦表示，倘若真如禪師所言，此人不敵罪孽苛責，出於慚愧而立志出家，或許便無須再深究。

但這絕非肺腑之言。

若是放任真兇逍遙法外，百介絕難苟同。

想必那張寫有若逢窮途末路，可投靠百介的紙頭，原本是又市為阿藺所寫的。藉此，又市悄悄將阿藺託付給百介。倘若禪師所言屬實，阿藺乃死於慧嶽之手，則此人既是殺害小夜之母、亦是殺害阿銀之女的真兇。

——若是如此……

究竟該如何是好？百介無意誅殺此人，即便殺了慧嶽，也是於事無補。既無法讓阿蘭復生，小夜亦不可能為此歡喜。但放縱兇手逍遙法外，著實教人難以甘心。

這下，百介思及一則妙計。

偶然幫了百介一把。這下，百介又委託偶然來訪的與次郎代為張羅。一如又市委託百介時從未多作解釋，百介這回也未向與次郎說明任何緣由。

【陸】

為籌辦百物語怪談會而造訪劍之進者，乃青鷺事件之中心人物由良公房卿。不，實為其子，即儒學者由良公篤。但若欲更進一步追本溯源，或許該說是其門下之眾門生。

不久前，公篤氏所開辦的私塾曾有過如此一段問答。

孔子曾云子不語怪力亂神，敢問塾長對神佛是什麼見解——？

世間本多奇事，怪異巷說所在多有，但人世間究竟有無鬼神——？

理所當然，公篤氏給眾門生的回答，是對怪異巷說必不深究，對鬼神必敬而遠之，探究有無鬼神，乃無為之舉。此外，神即理，佛即慈悲，理與慈悲即便不假神佛二字，亦可論之，若以此二字論之，必失論旨而離世理——此舉實與棄神無異。

孰料。

眾門生雖接受了對神佛的這番解釋，但尚有人堅稱世間必有妖怪。

俗云有教無類，知名私塾本就是弟子眾多，其中或有優秀人才，但亦不乏平庸之輩。若有一人起個頭，必有兩、三人起鬨附和，不是據傳哪兒有妖怪出沒，便是據說哪個人撞見了幽魂。公篤氏雖苦口婆心地秉理否定，但仍有門生堅持不願信服。不巧的是，此門生乃某企業之少東，公篤氏創辦私塾時，曾拜其父斥鉅資大力資助，故欲斥此門生之言實屬無稽，亦是難為。

故此。

此門生便提議，不妨確認世間是否真無妖怪。此提議雖幼稚荒誕，卻足以教名聞天下的孝悌私塾塾長苦惱不已。

到頭來——此門生進一步提議，有一名曰百物語之遊戲，不妨盡可能依相傳之法式行之，看看是否真有異象，或真無異象發生。這提議與其說是瘋狂，毋寧說是愚蠢，想必教公篤氏至感難堪。

總之不過是個迷信，試之也無妨，問題出在正確法式無一人知曉。

既欲檢證，便非得正確執行不可。故此，公篤氏便央求其父公房卿，代為向妖怪巡查矢作劍之進詢問。

「不過，還真是教人不解呀。」

背靠道場床間（註23）雙手抱胸、盤腿而坐的惣兵衛高聲說道。惣兵衛這下正在位於神樂坂的澀谷道場中，和與次郎相對而坐。

「老隱士打的是什麼主意，我完全猜不透。想到老隱士的為人、個性，似乎是隱瞞了些什麼。這提議雖是有趣，行事亦該含蓄委婉，但談的既然是怪談，我倒認為無須如此謹慎。若是過度拘

泥於理法，反而變得不駭人了不是？」

「老隱士的本意，我也猜不透。」

與次郎只能如此回答。畢竟一白翁這番委託，的確是有點兒教人丈二金剛摸不著頭腦。

若要談百物語，最後一則還請留給老夫敘述——老人向與次郎如此請求。

那麼，計畫是如何？惣兵衛問道：

「不是全讓三遊亭來說？」

「不，一白翁也要說一些，故圓朝師父只須說個一半就成。」

「一半？那就是五十則了。」

「五十成也不算少哩。想到師父平日多忙，即便是簡短的故事，求其說個百則，想必也是強人所難。不難想像，這差事會有多累人罷？而且還得一路說到早晨，只怕要把師父給累昏了。」

「不過，師父要比想像中來得和氣得多哩。據說還表示若是山岡先生所託，別說是一百則，就算是兩百則也是兩肋插刀，在所不辭。還恭恭敬敬地要求，這回可否不用三遊亭這藝名，而是以本名出淵次郎吉的名義參加。」

「該不是教你這張臉給嚇著了罷？」

惣兵衛生得這副德行，即便不吭聲也夠嚇人。

哪有可能？惣兵衛一臉茫然地否定道：

註23：日式建築內，座敷中地板最高，用來懸掛字畫或擺放花卉飾品的空間。

「師父是曾說過我這長相嚇人，但僅向我開個玩笑，要以我這長相編出一則怪談罷了。」

「想必這將會是一則十分嚇人的怪談罷。總而言之，要一人獨自述足百則，的確是強人所難。隨著這消息愈傳愈廣，除了咱們倆，屆時還將有近二十人參加。只要每人說個兩則，就有四十則了。」

由良公篤是不可能說的，惣兵衛說道：

「此類怪力亂神的胡言亂語，此人想必是連聽都不想聽罷。」

「不過，公篤氏依然得在場見證，畢竟整件事兒也是因其而起的。個人是認為應由一白翁起個頭，接著再由在座其他幾人接下去，待圓朝師父說完後，最後再回到一白翁做個總結。」

「問題是，該在哪兒舉行？」

起初的預定地，便是這小小的道場。

但一看到劍之進帶來的參加者名冊，惣兵衛便一口回絕了。

始料未及的是，名冊上幾乎都是熟悉的姓氏，這才發現公篤氏的門生似乎悉數為名門之後。而且，就連由良公房卿也將出席。

若悉數是公卿華族，豈能讓大家在這道場骯髒的地板上席地而坐？

此外，名冊上還有幾名不知從哪兒聽到風聲好事之徒，似乎悉數是知名畫家、戲曲作者、俳人等文化人，其中還夾雜幾名報社記者。

報社記者乃是妖怪巡查那頭的人脈。據說劍之進以不將之公開報導為條件，批准這些個記者參與。

愛湊熱鬧的傢伙還真是多呀，惣兵衛感嘆道：

「真不知道為何有人偏愛參加怪談會什麼的。難道以為真會有什麼異象發生？」

「應是知道什麼都不會發生，才想參加的罷。」

與次郎回答。這說法，其實是自一白翁那頭學來的。

「若真會發生什麼怪事，這些人哪可能有膽參加？」

「或許真是如此。不過，與次郎，孝悌塾那些個門生又是怎麼想的？」

「哪還會怎麼想？想必是根本沒什麼想法罷。從名冊看來，悉數是出自名門大戶的少爺，想必不過是打算來找個樂子消磨時間罷了。就連上私塾學習儒學，也僅是為了打發時間罷？」

這些傢伙還真是惹人厭呀，惣兵衛抱怨道。

這抱怨，與次郎也同意。

怪談這東西，與次郎其實也愛聽。斷言世間絕無鬼神，未免過於無趣，有時感覺世上多少還是該有些謎才好。但雖是這麼想，心底還是了解這類東西應是不存在才是。

世上絕無鬼神。總感覺若不心懷如此見解，便無法明辨萬事萬物。即便如此，人之判斷畢竟扭曲，若不盡可能辨明一切，對一切均可能誤判。如此一來，即便真見到了鬼神，只怕也將難以判明。

的確惹人厭，與次郎也附和道。

「噢？想不到你也會如此抱怨？」

「當然要抱怨。惣兵衛，假設咱們堅信世上真有鬼神、也真有種種異象，對此想必就不至於

有多少期待。畢竟人不可能撞見鬼神，異象也是百年難得一見。但倘若堅信世上無鬼神……」
「原來如此。若是堅信世上無鬼神，哪天遇上時可就要大驚失色了。是不是？」
原來你也是同樣惹人厭呀，惣兵衛高聲笑道。
此時，彷彿是為了讓道場內迴盪的粗野笑聲傳到外頭似的，突然有人猛然拉開了木門。
只見正馬皺著眉頭、怒氣沖沖地站在門外。
「你們這兩個傢伙。人家為瑣事在外東奔西跑，你們卻在這兒談笑風生。瞧你們笑得如此快活，到底是在談些什麼？」
「你這假洋鬼子，跑個兩間（註24）便要氣喘如牛，哪可能東奔西跑了？倒是，場地是定了沒有？」
定了。正馬環視著道場說道：
「這地方如此難登大雅之堂，難不成要大夥兒坐這骯髒地板上？」
「嫌髒就給我站著。說罷，會場將是何處？」
「赤坂一家料亭。家父是那兒的常客，趁他們當日公休，借他們店面一用。」
「哼，到頭來還不是求你爹去借來的，還說什麼東奔西跑哩。」
也是費了一番苦心哪，正馬挑個角落坐下說道：
「要借個地方徹夜閒聊怪談，有哪個大好人願意無償提供場地？就連家父這關節都不好打通。他對公卿恨之入骨，就連由良卿的面子也派不上用場哩。」
「你是怎麼向你爹解釋的？」

「我可沒任何隱瞞。有好事之徒欲聚眾行百物語怪談會，一個巡查朋友被迫擔任幹事，為此大感為難。與會者不乏名門大戶，得找個適合的場地，以保體面。」

「原來還真是據實稟報。如此輕鬆便借到了一家料亭，有哪兒讓你費苦心了？」

我可是費得了好大一番工夫，才得到父親首肯的哩，正馬噘嘴說道：

「倒是，圓朝真會來麼？」

「當然當然。不過是隱密前來，你可別張揚出去——」

真的會來麼？惣兵衛還沒來得及把話說完，突然聽見一個不熟悉的嗓音如此問道。

木門再度敞開，這下站在門外的，是三名蓄著鬍鬚的男子。其中一個是劍之進，另外兩人則是生面孔。一個面戴眼鏡、身形矮胖、看似書生的男子步伐輕盈地走進房內，語帶興奮地問著三遊亭圓朝是否真會到場。

「你、你是何許人？」

「噢，敝姓鬼原，於《假名讀》擔任記者。」

「假、假名讀？那是什麼東西？」

就是假名垣魯文所創辦的《假名讀新聞》呀，劍之進說道。

「去年才將報名改成了這以平假名拼音的簡稱。這位則是《東京繪入新聞》的印南君。兩人對怪談均有濃厚興趣，這回答應不撰寫報導，只求參加。總之無須擔心，這回的事兒保證不會張

註24：以尺為長度單位、以貫為質量單位的尺貫法中之長度單位。一間約等於一．八一八二公尺。

揚出去。但雖說無須擔心……」

比起他們倆的嘴，你這大嗓門還更教人擔心哩，劍之進說道。惣兵衛本想將口風一向不緊的正馬好好訓斥一頓，但看來自己的嗓門之大，就連房外都聽得一清二楚。

「倒是，與次郎。」

劍之進也沒坐下，便朝與次郎喊道。

「噢，一切均已備妥。燈籠都張羅好了，怪談會的進程也大抵有了個腹案。接下來，僅需決定與會者陳述的順序——」

我沒想問這個，劍之進打斷與次郎說道：

「這兩人均準備敘述多則怪談，這點是毋需擔心。倒是，一白翁不是指定將有一名在場驅邪的和尚？」

「可是指國枝慧嶽法師？」

「沒錯。這慧嶽……」

名聲似乎不大好哩。話畢，劍之進向鬼原使了個眼色。

「名聲——不大好？」

「沒錯。藥研堀的老隱士為人謹慎，應不至於胡亂推薦人才是。唉，或許不過是我多心，但據這鬼原君所言……」

此人至為危險，鬼原說道。

「危險？」

「表面上的風評的確不差，相傳此人不僅擅長驅吉辟凶、加持祈禱，還能行醫救人。但骨子裡卻是一見女色便淫心大起，還曾殺過好幾個人哩。」

「殺、殺過人？」

「沒錯。」

印南把話接下去說道：

「平時是十分正常，一旦興奮起來，便要失去理智，不僅好挾蠻力姦淫施暴，遇女抵抗更是下手兇殘，甚至還曾數度將人折磨致死。」

為何沒將之繩之以法？惣兵衛問道：

「此等好色狂徒，若不將他繩之以法，簡直豈有此理？這風聲未免荒唐，想必是出於嫉妒的誹謗中傷罷？」

不，這絕非空穴來風。話畢，鬼原在與次郎身旁坐了下來。

接著，身形矮胖的報社記者又湊出蓄著鬍鬚的臉，低聲接著說道：

「這法號慧嶽的和尚，本是個薩摩藩士，維新前曾幹過某些不宜公開的隱密差事。依理，此人應能於新政府中任職，但慧嶽卻棄此權利出家。」

「可是因這傢伙握有政府的什麼把柄？」

「似乎是如此。噢，或許真正原因，並非此人挾政府把柄作什麼要脅，而是這號人物的存在原本就不該公開，故難以做出妥適安排。」

「這可是真的？」

我可不大相信，惣兵衛一臉狐疑地說道：

「幹你們這行的本就是鬼話連篇，說這種話更是教人難以置信。正馬，你說是不是？」

不，或許真是如此，正馬說道：

「家父嘗言，如今的政府官員悉數是殺人兇手。唉，或許僅是喪家之犬虛張聲勢，也不知此言是否真值得採信，但即使僅採信一半，或許也是真有其事。畢竟勝者為王，敗者為寇。」

「不過……」

倘若這真是事實，一白翁為何要推薦這等角色？

與次郎坦承自己著實猜不透，劍之進亦同意道：

「在下對老隱士亦極為信任。故此，寧信老隱士推舉此人，箇中必有一番道理。」

「你可是認為，老隱士心中或有什麼盤算？」

「這無從得知。才疏學淺如在下者，哪可能察知老隱士的心思？但倘若這傳言的確屬實，身為官憲，可不能視而不見。」

惣兵衛嗤鼻揶揄道：

「哼，你當的也是官差，還不和這人同樣是新政府的走狗？」

「別這麼損人。在下既非新政府的傀儡，亦不屬薩長閥，至少還有明辨是非的風骨。別忘了在下亦是個……」

在下亦是個正義之士，劍之進似乎是這麼說的，但兩名報社記者卻異口同聲地把話給接了下去：

「是個妖怪巡查，是不是？」

「別再這麼稱呼我。」

「大人，這稱呼哪有什麼好嫌的？試想，世上有哪個巡查有幸在好事之徒舉辦的百物語怪談會上擔任幹事？」

這兩個印瓦版的說得好，惣兵衛高聲大笑了起來。

「倒是，與次郎。」

這下，正馬突然開口打斷惣兵衛的刺耳笑聲說道：

「今早你不是曾表示想到了什麼點子？可是有什麼企圖？」

「沒錯，不是說你想到了什麼計謀？」

原本呆立的劍之進，這下也坐了下來。

「又是企圖又是計謀的，瞧你們說得還真是難聽。說老實話，也不是什麼特別的點子。」

真的一點兒也不特別，不過是突然間的靈機一動罷了。

聽說由良公房卿也將與會時，我立刻想到，不妨開個小玩笑。

要說就把話給說清楚，惣兵衛厲斥道：

「少學咱們這巡查大人賣關子。」

「噢，其實……」

——不過是納悶公房卿……

「不過是納悶公房卿為何要參加這種聚會罷了。」

「這有什麼好納悶的？」
「對公房卿而言，此事哪有什麼重要？不過是其子與幾名愚昧門生起的一場爭執。再者，爭論世上有無妖怪，議題本身也是幼稚至極。不過，這都比不上真正召喚妖怪這主意來得荒謬。別說是公篤氏本人對此不以為然，就個人所知所聞判斷，公房卿對此類爭議應也是毫無興趣，理應透過咱們這位妖怪巡查代其子打理便可。大家說是不是？」
沒錯，正馬回答：
「若不是公房卿出面，場面也不至於變得這麼大罷。」
的確是如此。將與會的文化人，想必悉數是公房卿邀來的。否則公篤氏對此必是提不起勁，對提振私塾名聲想必也是毫無幫助，理應不至於四處張揚。正馬所言至為有理，把場面弄大的，理應就是公房卿。如今已是如此大陣仗，公篤氏即便想打住，也已是騎虎難下。
不過，與次郎懷疑。
或許最欲進行百物語的，其實是公房卿。
上回的青鷺事件，到頭來得以平安落幕。
雖有公篤氏之親信出人意料的脫逸常軌之舉，除此之外可謂一切平安。聽取一白翁之建議後，劍之進僅告知公房卿，世間確有青鷺顯靈之說。
當然，公房卿始終不知這場青鷺顯靈的背後，其實是御行又市一夥人所設的巧局一事。不，這真相，就連劍之進等人也不曉得。
知真相者，僅一白翁、小夜、及與次郎三人。

亦即。

公房卿已相信世上真有鬼神。

畢竟，自身經歷教他不得不信。

故此。

公房卿可能打有意藉此證明。

世間是否真有超乎人知之鬼神——

或是否真可能發生超乎人知之事——

與次郎如此判斷。

或許，不過是自己多心。

——唯有雖知謊言非真，但又誠心信之，人方能安穩度日。

——雖置身五里霧中，雙眼為謊言所蔽，但仍能遨遊夢中。

——雖明瞭夢境非真，仍對其深信不疑，

——唯有如此活於夢中，

人方能安然度日。據說御行又市曾如此說。

那麼，就讓公房卿再作場夢罷，與次郎心想。

最初的青鷺化身，乃山貓迴阿銀所扮。

二十數年前的青鷺化身，則為小夜之母。

據信，小夜與阿銀貌似孿生。

若是如此……

其實，真的沒什麼特別，與次郎再度搪塞道。

【柒】

現場立起了一面素淨的白屏風。

白屏風被染成了一片青藍。就連其上的陰影也呈深藍色。

在一片青藍的房內，在座者也個個被映照得有如死人般慘白。

百物語的舞台，遠比與次郎預想得更為駭人。

待闔上每一扇房門，並將青燈籠點燃後，赤坂這家料亭房內已非人世光景。

上座坐著由良公卿。其子由良公篤緊鄰其右，其左則是見證人兼驅邪法師國枝慧嶽。一臉緊張地緊鄰法師而座的乃這回的幹事，即妖怪巡查矢作劍之進，孝悌塾的六名塾生，則是面對庭院並排而坐。

於公篤氏身旁就坐者，依序為一姓桃井之戲曲作者、姓東田之俳人、姓鹿內之本所碁會所主、姓渡邊之坂町藥種盤商、孝悌塾番頭，吊兒郎當地歪坐最遠處者，則為繪師河鍋曉齋。

距離稍遠處，還坐有《假名讀》編輯記者鬼原俣吾、與《東京繪入新聞》的印南市郎兵衛。

公房卿之正對面，還設有供出淵次郎吉與三遊亭圓朝就坐的坐墊。

坐墊旁，則坐著因駝背、蜷身而顯得更形矮小的一白翁。

惣兵衛手持竹刀，佇立於面向房門外走道的屏風旁。圓朝與負責領圓朝進場的正馬，想必就在紙門的另一頭做準備。此外……

坐在一白翁身旁的與次郎則負責拔除燈芯。每說完一則，便由他趨身上前，自燈籠中拔去一只燈芯。

歷經一番絞盡腦汁的推敲，與次郎一行人決定採最簡單的法式。

盡覽書卷後，除置鏡、縛指之外，還找著了諸如置刀以為驅邪、或吊掛舊蚊帳等法式，但到頭來，還是採信一白翁的說法，判斷這些不過是裝神弄鬼的虛招。

只要有盞青燈籠便成了。

雖於此世卻不似此世。雖點燈卻不見光明。雖非白晝卻不似夜晚。雖昏暗但亦非漆黑。如今，此處已成人間與他界、夢幻與現實、幽冥與現世間交疊之祕境。

既非虛構，亦非事實。既非現在，亦非過去。

待一切準備就緒，太陽早已西下。

將百支燈芯悉數點燃後，與次郎立刻自燈前退下。

映照成一片青藍的房間，隨著與次郎碩大藍影的抖動歪扭搖晃。只見這藍影逐一自安靜就坐、分不出是生是死的眾與會者身上輕撫而過。

返回一白翁身邊的坐席後。

與次郎隔著燈籠，望向正對面的公房卿。

在朦朧青光下，別說是神情，就連長相也難以明辨。

即便是坐在自己身旁的老人，長相也變得難以辨識。此時在他看來，一白翁活像個一臉皺紋的野蓖坊（註25）。

彷彿正是在等待與次郎就坐，此時紙門突然給拉了開來，圓朝在正馬引領下入場。

這位身材消瘦、眼上一對深邃的雙眼皮、看似有點兒脾氣的咄家（註26），先是將坐墊往旁一拉，方才就坐，接著便彬彬有禮地向大家低頭致意。

「全來齊了。」

劍之進說道。

一白翁微微頷首。

「人云世間無鬼神。」

老人突然開口說道。嗓音竟不似往常般嘶啞。

「然，亦有人云世間有鬼神。也云議論鬼神，必將召徠鬼神。今夜，吾等將循往昔之百物語法式，於一夜間述足百則鬼怪故事。老夫乃藥研堀隱士一白翁，昔日曾浪跡諸國，如今已是垂垂老矣，僅能遺世獨居。首先，將由老夫起個頭，向諸位敘述昔日曾以這雙蹣跚老腿親臨、以這對昏花老眼目睹、以這對重聽老耳聽聞之多則奇聞異事——」

四下一片靜寂。

越後小豆洗水溺僧人致死。

擊殺八王子野鐵砲怪人。

甲斐之白藏主狐幻化為僧訓誡獵民。

小塚原之不死狐怪三度死而復生。
伊豆巴之淵舞首事件。
尾張之飛緣魔召喚火氣。
淡路島芝衛門狸為犬所噬。
瀨戶內之船幽靈震懾藩主。
能登馬飼長者吞噬活馬。
土佐七人御前肆虐害人。
品川柳女奪取人子殺之。
男鹿沖大魚島赤面惠比壽怪譚。
京都帷子辻突現女屍。
攝津天行坊大火焚毀代官所。
遠州山男擄人事件。
池袋村蛇塚幽魂肆虐。
老天狗隨火柱升天事件。
一白翁以淡淡語氣逐一敘述。雖不至於則則駭人，但無一不令人嘖嘖稱奇。

註25：一種體型如人，但面無五官的妖怪。
註26：以口述落語、人情咄、芝居咄、怪談咄等為業者，亦稱落語家。

風神

這些故事，與次郎大多曾聽說過。

況且，與次郎還知悉其中幾則怪譚的真相。雖然一旦瞭解箇中經緯，便能明瞭一切不過是平凡無奇的詐術。但一旦被當成故事敘述——

可就紛紛成了怪談了。

一白翁所敘述的最後一則，便是五位鷺化身為女，泛光飛離一事。

也不知是何故，與次郎開始緊張了起來，頻頻注意公房卿的神色。但別說是臉孔，就連身軀也看不清。

與次郎業已拔除二十來支燈芯。

唯一能聽見的聲響，僅有衣裳的摩擦聲、與微微的咳聲。

房內變得益形昏暗。

接下來，輪到了印南。

印南佐以手勢動作，敘述了幾則採訪新聞時遭遇的奇事。

由於內容多半未曾聽聞，再加上說者描述得活靈活現，與次郎不禁聽得入神，有時還被嚇得不寒而慄。

印南說了十五則，與次郎也拔去了十五支燈芯。

房內變得益發黑暗。

此時看來，在座眾人已是個個貌似亡者。

亦即，自己看來想必也像個亡者，與次郎心想。

接下來，由鬼原接棒。

敘述的均是取材自江戶時代諸多隨筆的怪談。

與次郎——不，想必劍之進亦如是，幾乎悉數閱覽過這些書卷。因此，十分清楚大抵都是些什麼樣的故事。

即便如此，聆聽時仍感到一股莫名的恐懼。

或許是因鬼原的敘述頗為巧妙，帶有熱切的抑揚頓挫，但似乎不僅是如此。

此時，彷彿為一股看不見的力量所壓迫，房內空間教人感覺十分扭曲。也不知是因房內氣氛益形緊繃，抑或空間密度益形濃縮，甚至可能是自己變得益形稀薄，教人連對些微動作也變得異常敏感。彷彿光是坐著，便要教一股氣給壓扁。

鬼原同樣是敘述了十五則。

與次郎也拔除了十五支燈芯。這下，燈芯僅剩下一半。

即便還有一半，房內也幾乎已是伸手不見五指，除了燈籠，可說是什麼也瞧不著。每個人影都變得一片模糊，個個溶入了青藍的黑暗中。雖知眾人仍端坐不動，但除此之外，一切均已無法判斷。眾人唯一能瞧見的，唯有坐在燈籠旁的與次郎朦朧的身影。

接下來。

終於輪到圓朝出場。

不過，並未讓與會者知道此人便是圓朝。

刻意先藏身密室，待房內被染成一片青藍後再引領入場，其實是為了不讓眾人察覺圓朝的身

風神

分。戴面具畢竟過於滑稽，故到頭來仍安排圓朝以真面目出場。想必無人想到，這名聞天下的名士竟會在這等規模的聚會上現身。即便或許一旦開口，仍有暴露身分之虞，但終究好過招搖入場。倘若事前便知此人是圓朝，或許聽者便要心懷欣賞名人獻技的期待。若是如此，故事說來恐怕便不夠駭人了。

敝姓出淵，來自湯島，圓朝說道。

接下來，便開始緩緩說起眾人從未聽聞的怪談。

果然巧妙。

聽來著實教人著迷。

待回過神來，才赫然發現自己的臉已轉向嗓音出處，就連身子都給探了出去。聽得正入神時，又突然給嚇個一大跳，雖看不清其他人是什麼模樣，但想必和與次郎應是沒什麼出入罷。

嘆息、吸鼻涕的聲響同時傳來，想必大家都是同樣反應。

將人誘入，又突然推出。將人釣起，又突然拋下。

果真是個高人。

故事內容、敘事技巧均屬上乘，教與次郎由衷佩服。

這果真是場豪華饗宴，與次郎心想。

在圓朝高明技巧的攪拌下，房內的黑暗原本就懾人，這下竟變得益形沉重。一字一句，教人感覺到一股無以名狀，猶如雙腿痙攣、肩頭緊繃的壓迫感。

話完一則。

拔去一只燈芯。

話完一則。

拔去一只燈芯。

黑暗已將周遭吞噬大半。

如今，房內境界已無可辨識。

唯有話語傳入眾人耳裡。

這話語，竟化為明確實像。

原來如此，原來人就是這麼進入故事裡的。

原來得將古與今、今與古流轉替換。

悉數說完後，與次郎小心翼翼地悄悄站起。

第九十九則就此落幕。

【捌】

接下來，就是第一百則了。

若吾等就此打住，各位便能保安泰，但今夜可不能如此。接下來，就由不成材的老夫，為各位作個總結。

這下已過丑時三刻，已是連草木皆休眠、妖魔皆現身的時刻。述完這第一百則，是否真有異

象將起？

若有任何異象，將由或許仍在座的法印（註27）國枝慧嶽法師施法驅除。不過，自老夫所在之處，並無法瞧見法師。

難不成——法師業已離座？

房內已是如此漆黑，想必各位亦無法瞧見老夫的神情。

好的。

或許，各位宜先確認與自己緊臨而坐者是否依然在座。即便仍在座，也難知究竟是否仍為本人，不，甚至是否為人，想必也已是難以確認。

如今，燈芯僅餘一支。

著實教人惶恐不安。

那麼，就由老夫為各位敘述一則風神的故事。

此事發生於距今十三年前。

不，也或許是更早以前。老夫活到了這把歲數，實在是記不清了。

總之，或許是更早以前的事兒。

當時，有兩名年輕的男子。

此兩人胸懷豪情壯志。唉，年少時，每人均曾胸懷大志，待活到老夫這把年紀，可就要消磨殆盡了。

這大志，並非賺進千萬銀兩、或嚐遍天下珍饈，而是顛覆天下，創立富強新世。

是的，這志向本是立意良善，男兒胸懷如此夢想，絕無任何不可。
但壯志也可能成為擾人煩惱之源。倘若人過於渺小、志過於豪壯，壓根兒無從實現。
凡是人，僅能成就能力所及之事。
但心懷壯志，有時也能讓人達成原本難及的目標。
當然，不可及之事終究是不可及。
總而言之，此二人亟欲一酬壯志。
為此浪跡天涯。
滿腦子想的，都是如何實現遠大夢想。
某日。
兩人來到山科一帶。
於山中見一石雕神像。
此像，乃風神之像。兩人向這石像許了個願。
祈求風神保佑，助己成就心中壯志。
唉。
虔誠祈求一番後，兩人離開了京都。

註27：僧侶最高階的法印大和尚位之簡稱，相當於僧綱之僧正。下尚有法眼、法橋等僧階。但古時日人亦常以此稱呼山伏或祈禱師。

接下來。
噢，至此為止，尚未有任何不妥。畢竟，兩人僅是祈求神佛佑己酬志，便離開了京都。
不過……
各位認為到頭來，此兩人都做了些什麼？
竟是殺人。
沒錯，就是以刺客為職。唉，雖說為了巨大改革，些許犧牲亦是在所難免，這本意可謂合理。
不過，憑此兩人的能耐，就只能幹這等差事。
唉，畢竟人僅能成就能力所及之事。而這兩人唯一能及的差事兒，便是殺人。噢，不過要取人性命，可不是人人都下得了手的。
各位說是不是？
敢問在座的各位，可有誰曾殺過人？想必是不曾有過罷？若有哪位曾幹過，可就嚇人了。
殺生，乃天地難容之重罪。
較任何罪都來得罪大惡極。
而這重罪，必將深植兇手心中。殺過人的記憶，註定要侵蝕兇手的心靈。
即便如此，兩人畢竟是為一酬壯志而舉屠刀。
大志，時能讓人忘卻心中痛楚。
不知不覺間。
兩人之心漸起變化。

唉。

其中一人開始感覺空虛。哪管自己費盡渾身解數，狠下心揮刀斬人，卻仍無法成就一己壯志。心生如此想法，也是理所當然。

至於另一人，可就不是如此了。

此人開始納悶，為成就壯志而殺，與恣意妄為的殺，哪有什麼差異？

哪有可為天下國家而殺，卻不能為其他理由而殺的道理？或許無論如何，殺人總該有個大義名分。但若是如此，只要隨手找個理由湊合，不就得了？

唉。

某天，兩人於山腰襲擊一名飛腳。

此舉乃是為了奪取飛腳所持之書狀。想必是往昔人稱密書一類的東西。

唉，其實，兩人僅需撞倒飛腳奪取信函，便可完事交差。畢竟飛腳的性命與書狀的內容本就毫無關係。

但當兩人費了一番工夫，終於追上這飛腳時，其中一人竟舉刀一揮。

從身後來個袈裟斬（註28），一刀便斃了這飛腳的命。另一人見狀大驚，此行僅需奪取書狀，何須取人性命？

並嚴斥同儕為何做無謂殺生。

註28：劍道中將人體由上至下斜切的刀法。

哪知另一人竟如此回答：

既是殺生，哪有有益、無謂之分？

既是人命一條，哪有飛腳、武士之分？

又哪有武士可殺，飛腳卻不可殺之理？

聽聞這番辯解，另一人本欲辯駁，孰料竟找不出任何理由。一如這同儕所言，殺生本屬無益。不論是出於什麼理由，殺生絕無有益之理。

兩人就此決裂。

一人徑自下山，從此放下屠刀。

另一人則遁入山中，殺害了一名無辜女子。

唉。此女不過是個碰巧路過的山民之女，還帶著一名年方八歲的可愛女娃兒。兩人碰巧行經飛腳喪命之處，這下可就是在劫難逃。

沒錯，此女當然是嚇得魂飛魄散，更何況，還帶了個娃兒。

兩人屏氣潛藏，但終究還是教兇手給尋獲。事到如今，僅有遁逃山中一途。

穿越竹林、踩過藤蔓，此女抱著娃兒死命竄逃。山中本難行，尤其是連山路都沒有的深山，當然教一介弱女子跑來連連跌撞。

不僅衣裳被劃得稀爛，手腳也傷得鮮血直流，儘管如此，此女仍死命奔逃。

畢竟背後有個提刀男子執拗追趕。

唉，最後還是教兇手給追上了。

諷刺的是。

此女遇害處，竟是那風神石像旁。

此時，此男已喪失理智，先是輕揮一刀，劃破女子的衣帶，衣裳隨刀褪落。

男子便將渾身是血的女子壓倒在地，當著嚎啕大哭的娃兒的面……

唉。

逞了獸慾。

如此兇殘，真是連畜生都不如。

洩慾後，男子便將女子亂刀斬死。

並將娃兒推落懸崖。

實在是禽獸不如。

這下。

突有一陣風吹起。

風中還有個聲音問道：

為何如此殘虐不仁——？

男子高聲回道：

反正橫豎都得殺，下手前姦之為樂，有何不可？若未淫便殺，難道就是無罪？

吾人曾發願祈求酬志。今日此舉，乃為酬志所為。

若有任何不妥，儘管告知。

然神明未作任何答覆。

因此事已是對此人的懲罰。

事後，此人將原有壯志悉數拋諸腦後，屢屢淫人、殺人，受害者不計其數。

另一人則有感自身罪孽深重，就此放下屠刀。心中苛責，自此不再蓄積。至於另一人……

則是一見女子，便感到一陣風吹拂。而眼前之女，悉數化為與當日姦殺於山中之女同一樣貌。

如此一來，除了將之姦殺，別無他法可忍。罪業與日俱增，終教此男無法承受。原本尚有壯志撫平心中痛楚，如今也早已忘得一乾二淨。雖然如此，每見年輕女子，仍感覺有輕風吹拂，薰心色慾亦隨此湧現。

因此。

即便精神、心靈早已是殘破不堪，此男——

仍僅能任憑這陣風恣意擺佈。

【玖】

話及至此，突然有陣風自眾人背後吹入房內。

隨之而來的，是一陣碰撞聲。

接下來。

國枝慧嶽突然站起身來，高聲嘶吼。

慧嶽推倒了身旁的屏風，接著再度嘶吼起來，並轉身大步向前踢倒青色燈籠，緊接著又朝百介的方向跑來。

——這就成了。

百介心想。想必慧嶽，不，喜左衛門業已失去理智。

聽見百介所述竟是自己的犯行，豈可能放過對這祕密知之甚詳，並於眾人面前加以暴露的百介？

若是在普通狀況下，或許仍能裝傻賴帳，但這回身處的乃言語化為實像的百物語會場，況且時逢可能將故事化為現實的百物語之最後一則。

這下看來，慧嶽將殺了百介。若百介死於慧嶽之手……

這就成了。

如此一來，慧嶽必將遭逮捕，畢竟此時有內務省警視局的巡查在場。而與會的知名藝人、畫家、及華族若是目睹有人遇害，也絕無可能放任不管。

這就是百介的復仇。一場稱不上高明的局，一則僅為激怒對方而羅織的拙劣故事。

自己已是個枯瘦老頭，只消一擊，便註定命喪黃泉。

百介闔上雙眼。

憶起自己所見識的首齣又市的局，也是場百物語。

如此結局，是否能為阿蘭、阿銀報一箭之仇？是否能撫平小夜的忿恨？

熟料。

這一擊，竟遲遲沒有降臨。
百介睜開雙眼——
望見大廳正中央有團黑影不住蠕動，同時還發出陣陣嚎泣：
我錯了，饒了我。
突然間，眼前被映照得一片雪白。回過頭來，只見倉田正馬手持蠟燭為自己照明。
瞇起雙眼把頭回過，只見國枝慧嶽已蹲在被踢毀的燈籠散落一地的大廳中央。頸子教澀谷惣兵衛給牢牢掐著，而矢做劍之進也佇立一旁，望向他雙手緊抱的腦袋。
「慧嶽法師方才所說，可是實言？」
「饒了我，饒了我。確、確是實言。那老頭所述，也是句句實言。」
劍之進一臉困擾地說道：
「若是如此，在下必須將法師繩之以法。」
「綁、綁罷。要、要綁就快。我早已痛苦難當。若，若要承受如此折磨，還不如將我給捉拿正法。拜、拜託大人為我定、定罪。」
好讓我贖罪罷，國枝慧嶽緊抓著這妖怪巡查的衣襬嚎泣道。
——這是怎麼一回事兒？
活像是教狐狸給唬了。
完全弄不清情況到底是如何了。
百介賞了自己一個巴掌。完全料想不到這場理應玉石俱焚的局竟能順利奏效。

不消說，百介這招乃是依又市的技倆設下的陷阱，但事前僅能趕鴨子上架地倉促籌劃，毫無可能如又市般布出精緻的局。雖說是驚天動地，但充其量不過是將經緯據實敘述，試圖藉此激怒對手自暴其罪罷了。

原本百介已作好在挑撥、激怒對方後，旋即犧牲自我的準備。

孰料——

竟逼得兇手驚懼惶恐、嚎啕大哭，還主動將一切全盤托出。

難道有人在同時設了另一個局？

——百介睜大雙眼，環視房內。

只見以圓朝為首的眾人，個個驚訝不已。

由良公篤似乎也是一臉困惑。

至於公房卿——

由良公房卿的神色，竟與其他人截然不同。

只見公房卿是一臉鎮靜，兩眼茫然地望向百介身後——也就是紙門那頭。

百介回過頭去。

望見笹村與次郎正站在敞開的紙門外。

就在此時。

百介聽見微微一記鈴響。

接下來。

——御行奉為。

當時，山岡百介的確聽見了又市的嗓音。

沒錯。

【拾】

真是弄不懂，惣兵衛說道：

「那場百物語稱不稱得上圓滿落幕？總感覺到頭來變得一陣混亂。與次郎，你有何看法？」

「雖是一陣混亂——但也圓滿落幕。」

至少，與次郎所設的局是圓滿落幕。

因此，理應認為這結果堪稱成功。

「倒是，該怎麼說呢，最後那異象，還是妖怪什麼的，究竟有沒有現身？」

「妖怪不是就逮了麼？一個連新政府也拿他束手無策的大惡棍，三兩下就將罪狀全盤托出、束手就擒。難道這稱不上異象？」

敞開衣襟露出胸脯，手中不斷搧著扇子的惣兵衛嗤鼻哼了一聲。一臉鄙視地瞧他看了一眼，正馬又開始翻閱起《東京繪入新聞》。

「到頭來，又成了咱們巡查大人的功勞了。雖不知裡頭究竟在寫些什麼，但這回的事兒可又見報了。」

報上還真有繪有妖怪巡查立大功的錦繪。

畫的是個猶如弓削道鏡（註29）般的兇惡僧侶，被一名巡查捆綁雙手的光景。上頭的標題則為：「祕密怪談會稀世殺人狂就法」。

「喂，制止那踢倒屏風朝庭院竄逃的臭和尚，還掐住他的頸子加以制伏的，可是我哪。劍之進那傢伙不過是呆立一旁罷了。這幅惡徒遭捆綁圖，畫的應該是我才對。」

這種事兒就別在意了，正馬漫不經心地說道：

「到頭來究竟是怎麼一回事兒，我依然參不透。」

「其實，乃因小夜小姐現身使然。」

什麼？聞言，與次郎、假洋鬼子、過氣武士異口同聲地驚呼道。

「小、小夜小姐現身？當時小夜小姐不是根本不在場？」

「在場。是我邀來的。」

「邀、邀來？為何要邀小姐來？」

「好讓——公房卿把夢給作下去。」

註29：奈良時代僧侶。七六一年因替女皇孝謙天皇醫病而受寵幸，自七六四年起參與政事。後因聽信神託覬覦皇位而於七七〇年遭貶，卒於七七二年。

沒錯。

話完百則時現身的鬼怪，並不一定是為惡的。

鬼怪雖超乎人知所能想像，但不盡然是駭人為惡的。

與次郎推測——公房卿欲舉辦這場百物語，或許是為了再見已不在人世的生母，即那青鷺的化身。

孰料……

見過小夜這長相的，似乎不僅公房卿一人。

一白翁打的究竟是什麼主意，與次郎無從得知。但從老人當時敘述的第一百則怪談推測，當年姦殺小夜之母阿藺的真兇，似乎就是國枝慧嶽。

想必正是因此，老人才要吩咐與次郎邀請慧嶽與會。至於邀來後打算如何處置，與次郎則是完全無法參透。

不過。

老人語氣平淡地敘述慧嶽的罪狀。

而小夜就在故事行將結束時，拉開了紙門。

門一開，風就吹進了房內。

同時，慧嶽也清楚瞧見自己當年殺害的女人，竟然就佇立眼前。

這教慧嶽嚇得失聲驚叫，並高聲呼喊——妳不就是我當年殺害的女人？

接下來，便邊呼喊著自己的罪業邊往庭院竄逃，卻為屏風旁的惣兵衛所阻，並一躍而上將之

制伏。

當時，正馬手持蠟燭照亮了一白翁的臉孔，臉上表情與次郎至今仍記得清清楚楚。老人臉上是一副出乎意料的神色，看來事態發展似乎是超乎其預期。

話完這第一百則後，並未起任何異象。

但至少與會者的其中幾名，是目睹了鬼怪現身。

一人做了場夢，另一人則是看見了絕望。

但我還真是不解，正馬說道：

「為何一見到小夜小姐現身，那和尚就要吐實？笹村，你該不是隱瞞了些什麼罷？」

沒錯沒錯，惣兵衛也說道：

「與次郎，近日你常單獨行動，該不會是和小夜小姐……？」

「沒這回事兒。」

與次郎苦笑道。有些事兒，是萬萬不可透露的。

「只要結局完滿就成了。其他事兒又何須追究？」

畢竟那和尚還真是大惡不赦呀，正馬說道。

可是殺過許多人？惣兵衛問道。

「不，實際能證明遭其毒手的，似乎僅有兩人，但這乃是因為前幕府時代的舊帳業已無從追算。即便沒殺，也誆騙、勒索、姦淫了無數人。據說其無邊法力什麼的，也全是靠詐術捏造的。」

原來如此。即便昔日的犯行將於今後逐一曝光，小夜之母一事也已是無從追究。不僅因那已是前朝舊帳，也因為阿蘭是個缺乏身分的轉場者。不過，慧嶽竟然就栽在這樁無從追查的罪業上頭。

真不知是為什麼，正馬有氣無力地說道：

「咱們劍之進不過是個一遇事便找老隱士求援的蠢巡查，為何老是教他給搶盡了鋒頭？」

雖說讓他上九十九庵，也沒什麼好計較的，正馬將報紙略事折疊塞入懷中，繼續說道；

「倒是澀谷，到頭來，孝悌塾那群傢伙是如何看待這件事兒？」

「據說眾人均信服並無異象。」

「噢？」

「眼見什麼怪事也沒發生，未待公篤先生訓諭講評，眾人便主動承認世間果然無鬼神，想來這些傢伙還真是窩囊呀。這些蠢才，就連大名鼎鼎的圓朝都沒能認出來。」

果真是愚蠢至極。沒腦袋的傢伙就別學什麼儒學了，該來學學劍道才是，惣兵衛說著，將櫟木的樹枝給踢得老遠。

一行人拐了個彎，進入小巷內。

突然間，雲層飄離，一道夏意盎然的陽光射了下來。

「已是夏季了？」

與次郎心想。

或許不過是心理作用使然。

不過才這麼一想，竟然就傳來陣陣蟬鳴。矮樹牆已是近在眼前，可望見小夜正在庵前灑水。

一瞧見與次郎一行人，小夜便抬起頭來，露出一臉燦爛笑容。

「小夜小姐。」

正馬揮手致意道。

看來她變得更是開朗了。

「上回——勞煩小姐熬夜至天明，真是辛苦了。」

與次郎向小夜低頭致意道。該說聲謝的是奴家，小夜笑著說道：

「還得感謝與次郎先生如此安排，讓奴家得以一償夙願。不過……」

可千萬別讓百介老爺知道，小夜突然湊向與次郎耳邊低聲說道。

「噢，百介先生尚不知情？」

「老爺當時背對紙門而坐，當然沒察覺奴家也在場。」

喂，與次郎，惣兵衛打岔道：

「你是在耍什麼詐？為何要和小姐交頭接耳的？」

「噢？沒什麼沒什麼。老隱士——可是在小屋內？」

為了避免誤解，與次郎急忙拋開兩人，遁入庵中。

屋內是一片漆黑。

或許是因屋外過於明亮使然。

門前與走道被陽光映照得一片雪白。看來夏日果真降臨了。

鈴，此時，傳來一陣風鈴聲。

與次郎穿過走道，步向小屋。
地板被踩得嘎嘎作響。在冬日，這聲響聽來乾燥無味，此時卻是如此柔和悅耳。
不出五、六步，與次郎便走到了小屋紙門前。
「老隱士在麼？與次郎求見。」
未傳出任何回應。與次郎拉開了紙門。
堆積如山的書卷、塵埃與紙張的氣味、再加上一股蘭草的香氣，樸素狹小的屋內，一切一如往常。
紙窗扇扇洞開，一道夏日豔陽射向地板，將榻榻米映照得異常明亮。
豔陽映照下。
只見老人正橫臥地上。
「老隱士，一白翁。」
與次郎一腳踏入屋內。
豔陽灑得個頭矮小的老人一身，身旁散亂著一堆書卷簿冊。
只見身形枯瘦的老人在書冊包圍中閉目含笑，看來活像個天真娃兒。
桌上擺著一只鈴、一張紙頭。看來，這應是老人常在故事中提及的陀羅尼符罷。
「百、百介先生──」
但老人是動也不動。
山岡百介……

竟然業已斷氣。

與次郎見狀大驚。煞那間，突然瞥見洞開的紙窗外有個白色人影。

但隨著一陣輕風吹入窗內——

這白影旋即消失無蹤。

〈後巷說百物語　下集　完〉

風神

【主要参考文献】

絵本百物語　桃山人　金花堂／一八四一年

旅と伝説　岩崎美術社／一九七六～一九七八年

日本庶民生活史料集成　三一書房／一九六八～一九八四年

叢書江戸文庫　高田衛・原道生責任編輯　国書刊行会／一九八七～一九九二年

燕石十種　岩本活東子編　森銑三・野間光辰・朝倉治彦監修　中央公論社／一九八〇～一九八二年

未刊随筆百種　三田村鳶魚編　中央公論社／一九七六～一九七八年

日本随筆大成　日本随筆大成編輯部編　吉川弘文館／一九七五～一九七九年

耳嚢　根岸鎮衛著・長谷川強校注　岩波文庫／一九九一年

国史大辞典　国史大辞典編集委員会編　吉川弘文館／一九七九～二〇〇二年

新日本古典文學大系　岩波書店／一九八九～二〇〇三

新潮日本古典集成　新潮社／一九七六～一九八八年

竹原春泉　絵本百物語　多田克己編　国書刊行会／一九九七年

KADOKAWA 文學放映所 028

巷説百物語

定價：360元　**發售中**

京極夏彥◎著
蕭志強◎譯

喜愛搜集怪談的百介邂逅了幾位神祕人物：浪跡天涯的修行者、美麗聰黠的山貓迴、來歷不明的中年商人。大家聊起江戶坊間的鬼怪傳説，洗豆妖、舞首、柳女……這些形姿怪異的妖怪，是源自人間的善惡因果，抑或是對世人的詛咒？

KADOKAWA 文學放映所044

續巷説百物語〈上〉

發售中 **定價：280元**

京極夏彦◎著
劉名揚◎譯

嗜奇聞怪談如命的山岡百介，聽聞一罪大惡極之兇犯屢於用刑後屢屢死而復生，這回已是第三度遭獄門之刑。出於好奇，前去參觀此人首級的百介於刑場巧遇山貓迴阿銀。卻見阿銀朝首級喃喃問道：「還要再活過來一次麼」……!?

國家圖書館出版品預行編目資料

後巷說百物語／ 京極夏彥作；劉名揚譯. --
初版. --臺北市：臺灣國際角川, 2011.01-
冊 ；　公分. --（文學放映所；62-）
譯自：後巷說百物語
ISBN　978-986-287-028-0（下冊：平裝）

861.57　　　　　　　　99000883

文學放映所062

後巷說百物語〈下〉

原書名＊後巷說百物語

作　　者＊京極夏彥
譯　　者＊劉名揚

2011年1月25日　初版第1刷發行
2012年10月8日　初版第2刷發行

發 行 人＊塚本進
總　　監＊施性吉
總 編 輯＊呂慧君
文字編輯＊林吟芳
美術副總編＊黃珮君
美術主編＊許景舜
印　　務＊李明修（主任）、張加恩、黎宇凡、張則蝶

發 行 所＊台灣國際角川書店股份有限公司
地　　址＊105 台北市光復北路11巷44號5樓
電　　話＊(02)2747-2433
傳　　真＊(02)2747-2558
網　　址＊http://www.kadokawa.com.tw
劃撥帳戶＊台灣國際角川書店股份有限公司
劃撥帳號＊19487412
製　　版＊尚騰製版印刷有限公司
I S B N ＊978-986-287-028-0

香港總代理
角川洲立出版（亞洲）有限公司
地　　址＊香港新界葵涌大連排道200號偉倫中心第二期20樓前座
電　　話＊(852)3653-2804

法律顧問＊寰瀛法律事務所